U0093589

有時你會寂寞但那並非沒有道理

（著）查爾斯‧布考斯基

（譯）陳榮彬

獻給

傑夫・柯普蘭

查爾斯·布考斯基

Charles Bukowski（1920.8.16-1994.3.9）

美國當代最偉大寫實小說家，也是各界公認最具影
響力、最常被模仿的詩人。出生於德國小鎮安德納
赫（Andernach），父親是美國大兵，母親為德國人，
三歲時隨父母回美國洛杉磯定居。

一九四一年於洛杉磯城市學院（Los Angeles City College）肄業，此後長達十年過著浪蕩、窮苦的生活，並因身心檢測不符合標準，未於二次大戰服兵役，他走遍美國，在無數廉價旅館寫作，四處打零工，嗜菸、酗酒嗑藥、沉迷賽馬與性愛。三十二歲時找到郵局的全職工作，三年後因嚴重胃潰瘍短暫離職，休養期間開始大量寫詩，不久後復職便待上十五年。五十歲時正式以寫作維生，完成第一本小說《郵局》（Post Office），一生寫過數千首詩作、數百篇短篇故事，以及六部長篇小說，總計出版了四十多本書。

熱愛古典音樂、爵士樂，喜歡海明威和李白，最討厭莎士比亞和米老鼠，有過三段婚姻，兩次離婚，有一個女兒名叫瑪麗娜（Marina Bukowski，1964- ）。一九九四年因白血病病逝於加州聖派卓

（San Pedro），去世前剛完成最後一本小說《低俗》
（*Pulp*），享年七十三歲。

生於街頭長年身處貧窮，他以自傳式寫作著稱，為
社會底層之人發聲，也描寫生活大半輩子的洛杉磯
的毀滅性景象，而富節奏感的粗俗口語語言，啟發
無數知名搖滾樂手。他是堪稱作品失竊率最高、美
國最具反叛精神的代表人物，作品曾被翻譯成十多
種語言，歐美累積銷售數百萬冊，有生平紀錄片
《布考斯基：生來如此》（*Bukowski: Born into This*）和
傳記電影《夜夜買醉的男人》（*Barfly*），人氣在世
界各地迄今未減。

譯者　陳榮彬

臺灣大學翻譯碩士學位學程助理教授，研究專長為
台灣文學英譯、英美文學中譯、翻譯史、世界文學
理論。曾三度獲得「開卷翻譯類十大好書」獎項，
譯作《昆蟲誌》與《血色大地》獲選 Openbook 年
度好書（翻譯類）。已出版各類翻譯作品超過六十
餘種，近年代表譯作包括梅爾維爾《白鯨記》、海
明威《戰地鐘聲》與《戰地春夢》等經典小說，以
及史學作品《美國華人史》、《火藥時代》等，和
詩集《愛是來自地獄的狗》。

‧ 傑夫‧柯普蘭（Jeff Copland），布考斯基在賽馬場認識的摯友，
是賽馬訓練師、經紀人及博弈者。曾在影集《馬場風雲》（*Luck*）
短暫飾演一角，並在布考斯基的葬禮上擔任抬棺者。

這就是布考斯基（吧？）

——陳榮彬‧臺灣大學翻譯碩士學位學程助理教授

有時你會寂寞
但那並非沒有道理

生卒年：1813-1883

聆聽華格納
屋外黑夜中狂風冷雨
樹木搖晃顫抖燈光
閃爍牆壁吱嘎
貓兒們躲到
床下

華格納與厄運奮鬥，情緒化的他
實力堅強，在這充滿侏儒的世界裡
他是直來直往的偉大鬥士，他衝破
藩籬
帶來
力量十足的驚人樂音

跟我屋裡搖晃

顫抖

彎曲

轟響的一切沒兩樣

他狠狠賭上人生

沒錯，我用紅酒配他的音樂與風雨聲

多少像這樣的夜晚

從我的手腕往上溜進

我的腦海又

往下溜進

肚子

有些人

死後不朽

有些人

一生很快溜走

但今晚我們都
活在當下。

紅色賓士

誰不會心情不好
還不都是因為
賀爾蒙失調
還有因為人生
有時候看來就是
不讓你有任何
快樂的
機會。

我心裡不爽
那隻有錢的豬
和他那無聊的
女人
卻開著紅色賓士

在賽馬場的停車場裡
切到我前面
插隊。

我歸懶趴火
瞬間爆炸：
老子要把那個王八蛋
揪出來
海扁
一頓！

我跟車跟到
代客泊車處
停在他後面
從車裡
跳出來

跑到他的

門邊

猛力

一拉。

車門

上鎖

連

車窗

也是緊閉。

我卯起來拍打

駕駛座的

車窗：

「開門！老子要

踢爆你的

屁股！」

他只是坐著
直直看著
前面。
他的女人
也一樣。
他們懶得
看我。

他比我年輕
三十歲
但我知道我
可以撂倒他
他是個軟弱的
小孬孬。

我用拳頭

擊打

車窗：

「出來，豬頭，

不然我就

打破

車窗！」

他對他的女人

微微

點頭。

我看見她

伸手

打開

手套箱

拿出一把點三二

給他。

我看見他把槍

拿低

打開

保險。

我離開紅賓士

往會員休息室走去

那天的比賽

看起來

還真

他媽

精彩。

好像我光是去

那裡

就已經值得。

退休人生

豬排，我家老頭說，我愛
豬排！

我看著他把油亮的豬排
塞進嘴裡。

鬆餅，他說，我愛鬆餅
淋上糖漿，還有奶油、培根！

我看著他厚重的雙唇濕潤
油膩。

咖啡，他說，我愛熱咖啡
燙到喉嚨的感覺！

有時候太熱
害他把咖啡吐了一桌。

肉醬馬鈴薯泥，他說，我愛
肉醬馬鈴薯泥！

他塞了一大口，臉頰腫得像
豬頭。

辣豆醬，他說，我愛
辣豆醬！

他囫圇吞下後放屁放個不停
每次放完響屁都咧嘴一笑。

草莓奶油蛋糕，他說，還有

香草冰淇淋，為一餐畫下完美句點！

他老是把退休掛嘴邊，

說著退休後要

做這做那。

他嘴裡嘮叨不停的

不是食物就是

退休人生。

他沒能撐到退休就掛了，某天

在

水槽邊拿玻璃杯裝水

突然嗝屁。

他直直躺著

好像中槍。

玻璃杯脫手而去

他往後一倒

平躺地上

領帶往左邊

滑落。

事後

大家都說不敢

置信。

他看起來多麼

硬朗。

雪白鬢角是他的註冊商標

襯衫口袋裡有

一包菸，老是跟人

開玩笑，也許有一點

吵鬧，也許有一點

壞脾氣
但整體而言
看起來是個
好人

從來沒有
請假或曠工。

我們仨，好好相處

冥王在這煙霧繚繞的凌晨拍著長滿泡疹的雙手
收音機裡傳來女歌手的聲音
夾雜在菸氣與酒氣裡……

她唱著，我的芳心寂寞
你不是我的，我好難過
真希望我不是我……

耳裡傳來高速公路的車聲，像是多少人
浮沉海上
而我往另一邊肩膀傾聽，在遠處的第七街上
西區大道附近
則是醫院——悲慘之屋：
床單、便盆、手臂、腦袋，還有

許多人噚屁；
一切都如此甜美又可怕，持續地
甜美又可怕：圓房的藝術：彼此吞噬
的人生……

某次我夢到一頭蛇吞掉自己的
尾巴，吞啊吞啊，直到
都把身體吞掉了一半，才停下來
待著不動，就這樣自己吞了
自己。這狀況，還真是尷尬。
我們只能靠自己繼續過下去，這就
夠了……

我下樓拿另一瓶酒，打開有線電視
看見葛雷哥萊・畢克扮演
費茲傑羅[2]，興奮地唸著自己的

稿子給他的女人聽。

我把電視

關掉。

這算哪門子作家？唸自己的東西給

女人聽？這太犯規了……

我的兩隻貓跟我回樓上，牠們

是

好夥伴，我們沒有不爽，我們仁不會

吵架，一起聆聽音樂，也都沒

投票給

任何一位總統。

其中一隻貓，大的那隻，跳上

椅背，蹭著我的肩膀跟

脖子。

「不可以，」我對牠說。「我來

唸這首詩

給你聽。」

他跳到地上，走到外面

陽台上，牠的貓老弟

也跟著。

牠們坐著欣賞夜色；在這裡我們

有能力保持清醒。

在這些凌晨時分，幾乎所有人都已

睡去，小小的夜行蟲子，長翅膀的東西

飛進來，繞啊繞的。

機器發出嗡嗡鳴響，打開

那第二瓶酒來品嚐後，我用打字機打出下一

行。你

可以唸給你的女人聽，她可能會跟你説

寫那什麼廢話。她寧願

去讀《夜未

央》[3]。

---

[1]　Western Avenue，洛杉磯的四線大道。

[2]　這裡指一九五二年上映的電影《雪山盟》（*The Snows of Kilimanjaro*）。
　　原作者海明威筆下的故事主角哈利·史崔特（Harry Street）是以
　　他的朋友費茲傑羅為原型。

[3]　*Tender Is the Night*，美國小説家費茲傑羅（Fitzgerald）的長篇小説。

不朽的猛獸們——

梵谷寫信跟弟弟說沒錢買顏料

海明威飲霰彈自盡

塞利納⁴當醫生當到破產

你說人生有多不容易

維庸⁵因為當賊被逐出巴黎

福克納喝醉後跌進鎮上陰溝裡

你說人生有多不容易

布洛斯⁶槍殺他老婆

梅勒⁷拿刀刺他老婆

你說人生有多不容易

莫泊桑⁸愛划船愛到發狂

杜斯妥也夫斯基⁹差點被槍斃

克萊恩¹⁰跳進螺槳轉個不停的海裡

你說有多不容易

希薇亞[11]像烤馬鈴薯那樣把頭塞進烤爐裡

哈利・克羅斯比[12]跳進黑陽裡

洛卡[13]在路上被西班牙部隊謀殺

你說有多不容易

阿鐸[14]坐在瘋人院的板凳上

查特頓[15]喝下老鼠藥

莎士比亞是抄襲大王

聾人貝多芬插著一根喇叭狀助聽器在耳朵裡

有多不容易多不容易

尼采徹底瘋了

你說人生有多不容易

人性的，太人性的

呼吸

吸氣呼氣

呼氣吸氣

這些痞子們

這些懦夫們

這些天才們

這些追求榮耀的瘋狗們

把這一點點微光帶給

我們

非常不容易。

4　Louis-Ferdinand Céline（1923-2007），法國小說家，以寫實、反叛且具黑色幽默的文字著稱。有醫學學位、曾開辦診所。

5　François Villon（1431-1463），十五世紀法國抒情詩人。

6　William Burroughs（1914-1997），美國前衛小說家，為「垮掉的一代」的主要成員。

7　Norman Mailer（1923-2007），美國小說家，以剖析美國社會和政治為題，曾獲普立茲獎。

8　Guy de Maupassant（1850-1893），法國小說家，被譽為短篇小說之王。

9　Fyodor Dostoevsky（1821-1881），俄國小說家，探索自殺、貧窮及道德等主題。

10　Hart Crane（1899-1932），美國詩人，文句晦澀最後跳船自殺。

11　Sylvia Plath（1932-1963），美國詩人、兒童作家，患憂鬱症，多次自殺未遂，最後一氧化碳中毒自殺身亡，享年三十歲。

12　Harry Crosby（1898-1929），美國作家與出版家，黑陽出版社（Black Sun Press）的創辦人。

13　Federico Garc a Lorca（1898-1936），西班牙同志詩人，於西班牙內戰期間遭槍決。

14　Antonin Artaud（1896-1948），法國戲劇理論家、演員、詩人。曾久住精神病院、以電擊治療。

15　Thomas Chatterton（1752-1770），英國早慧詩人，十一歲便出版作品，十七歲時因貧窮和飢餓服毒自殺。

垃圾桶人生

今晚狂風大作
冷颼颼
我想著那些
街頭的傢伙們
希望其中某些人手裡有一瓶
紅酒。

只要在街頭流浪過
自己擁有的
所有東西
你都會注意
所有東西
都會上鎖。
民主不就這麼

一回事：

能拿就拿

試著保住

如果可能

就再多拿一點。

獨裁也是這麼

一回事

只是獨裁者會奴役

或毀掉那些

邊緣人。

而我們只是把他們

給忘記。

無論民主或獨裁

他們都得在冷

風中

苦撐。

失落的一代[16]

最近在讀一本書，講的是二○年代

一個喜愛文學的富婆和她丈夫[17]

他們一路上吃吃喝喝，不停開趴

到歐洲去

認識龐德[18]、畢卡索、赫胥黎[19]、勞倫斯[20]、喬伊斯、

費茲傑羅、海明威，還有

其他許多人；

名人對他們來講就像

珍貴的玩具，

而從那本書看來

那些名人也任由他們自己成為

珍貴的玩具。

我看著那本書

一直在等那些名人

叫那個喜歡文學的富婆

和她那喜歡文學的丈夫

滾開，哪怕只有一個也好

但顯然他們沒有人

開口。

結果他們只是跟那富婆

和她丈夫

在各地海灘合照

看起來聰明睿智

彷彿這是追求藝術之道

的一個環節。

也許這是因為那對夫妻

主持一家

與藝術有點關係的

出版社。

他們都在派對上

或是在莎士比亞書店外

合照。

他們之中的確有不少是

偉大與／或原創的藝術家，

但這一切看來實在是太

假掰，

那位丈夫一直嚷嚷著要自殺

最後終於死成了

而他老婆曾在四〇年代

幫我出版過一篇

短篇小說，不過現在

也死了，但

我就是受不了他們兩個有錢人

怎能把一輩子活得這麼蠢

而且我也受不了他們那些

珍貴的玩具

怎能

那樣。

<hr />

16 指一九二〇年代僑居歐洲（尤其是巴黎）的那些美國作家、藝
術家與文人。

17 指創辦黑陽出版社（Black Sun Press）的夫妻檔。

18 Ezra Pound（1885-1972），美國詩人，意象主義代表。

19 Aldous Huxley（1894-1963），英國作家，以《美麗新世界》一書
聞名。

20 D. H. Lawrence（1885-1930），英國小説家，對情感和性愛的描寫
直白露骨。

無可救藥

我們心裡有個地方
永遠填不滿

那空間

就算在
最美好的時刻
還有
最精彩的時刻
也一樣

我們很清楚

我們總是

很
清楚

心裡有個地方
永遠填不滿

而且

我們會等待
等了
又等

在那
空間裡。

我那不算野心的野心

我爸有些可笑的格言，他大多是在

晚餐時跟我們分享；因為食物讓他想起

那些跟生存有關的格言：

「不成功就滾蛋……」

「早起的鳥兒有蟲吃……」

「早睡早起真男人（吧啦吧啦）……」

「在美國只要有心就能成功……」

「上帝會眷顧的人都是（吧啦吧啦）……」

我搞不清楚他到底是在對誰

講話，在心裡我只覺得他是個

瘋狂又愚蠢的

大老粗

但在他講話時我媽老是説：

「亨利，仔細聽

你爸講的話。」

當時我年紀還小，別無

選擇

但他們逼我用食物配那些格言

害我

胃口沒了

消化不良。

看來我這輩子還沒遇過

比我父親更能

讓我感到不快樂

的人。

而且似乎他對我

也有一樣的

看法。

「你是魯蛇，」他對我說，

「你一世人撿角啦！」

而我則是心想，如果魯蛇是指

跟這個老畜生完全相反

那好啊，我甘願

魯蛇魯到底。

現在

太可惜了

他都已經死了那麼久

所以看不到

我真的變成

魯蛇一大枚。

教育

坐在那墨水瓶可以嵌入桌面
的小小書桌前，我老是分不清
「歌」跟「哥」。
我不知道為什麼
但
「歌」跟「哥」：
搞得我
頭大。
其他人都已經接著學其他
生字了
只有我還是坐在那裡
想著
「歌」跟「哥」。
總之我就是

有地方

想不通。

我看著同學們的

後腦杓

想那兩個字想到

肚子痛。

女老師一臉

凶惡

尖尖的

下巴

臉上沾滿

白色粉筆灰。

她叫我媽

某天下午來

找她

我跟她們坐在

教室裡

聽她們

談話。

「他什麼都

學不會，」老師

跟我媽

說。

「席姆斯太太，請給他

一個機會！」

「奇納斯基[21]太太，

他不肯努力！」

我媽開始

哭泣。

席姆斯太太坐在那裡

看著

她。

就這樣持續了

幾分鐘。

然後席姆斯太太說，

「好吧，我看看還能

怎麼辦……」

然後我就跟我媽

走了

我們走在

學校前

那裡有一大片綠草

然後走上

人行道。

「喔，亨利！」我媽說。

「你爸對你

好失望，真不知道我們該

怎麼辦！」

我心裡想著，爸爸爸

爸爸爸爸爸爸爸

爸爸爸。

總之就是那幾個字。

我決定再也不要在那學校

學任何

東西。

我媽走在

我身邊。

她在我身邊

但卻像完全不存在。

我只感覺肚子痛

就連我們經過的那些

高大樹木

也沒那麼

像樹木了

反而像

其他任何東西。

---

[21] 作者常在自己的小說中將主角取名為 Henry Charles "Hank" Chinaski。

洛杉磯市區

凌晨三點丟鞋砸破玻璃，把頭從破洞伸出去，哈哈
　　大笑
這時電話鈴響
我聽見政府的威脅從話筒另一頭傳來，用力
掛上電話，這時我的女人尖叫：「你他媽在幹嘛，
　　王八蛋！」

我得意地笑著看她（我在衝三小？），受了傷，喜
　　歡這感覺
紅血流進我破掉的骯髒內衣，威士忌咆哮著
在我打不倒的體內：我年輕、我高大，而這世界
因為人類這幾百萬年來瞎搞而發臭，而我

則是規規矩矩

還有點酒可以喝——

這太棒了，這是一場很 drama 的鬧劇，我可以

用魄力、風格、優雅與高級的神祕主義

來應付。

又來旅館大醉一場——好在這世上有旅館與威士忌

　　　與街上的

野雞[22]！

我轉身對她說：「妳他媽的大隻醉雞，別對我罵髒

　　　話！我可是

城裡最厲害的硬漢，妳根本不知道自己跟誰在這房

　　　間

裡！」

她只是看著我，半信半疑……叼著菸，半瘋

半癲，想要找個出口；她冷酷，她害怕，她被

愚弄、佔便宜、虐待、用完就丟、被過度
使用……

但儘管如此，我還是把她當一朵花，我能看見
被謊言毀掉以前的她：他們的謊言和
她的。

我覺得她跟我一樣再次從頭來過：我們有機會
在一起。

我走過去再幫她倒酒：「北鼻，妳有品味，妳不像
其他人……」

這話她覺得中聽，我也是，因為要讓事情成真只要
相信就可以。

我坐在對面聽她講人生故事，又幫她倒了好幾杯
幫她點菸，我聆聽著，天使之城²¹也
聆聽著：她過得好慘。

我感傷了起來，決定不打炮：多一個男人跟她
打炮對她沒幫助，少一個女人跟我打炮我也不
在乎——更何況，她也沒有多
漂亮。

說真的，她的人生無聊又平凡，但誰不是——我也
　　是
能讓我的人生嗨起來的只有
威士忌

她邊哭邊喝，她可愛，說真的，她可悲，她想要的
就是她一直以來想要的，只是她離目標越來越

遠。

後來她哭完了，我們一起喝酒抽菸，好
平靜——我不想鬧她
在這一晚……

我沒辦法把牆上的折疊床弄下來她
過來幫忙，我們一起弄——突然間，床打開了——
　　彈
到我們身上，像死神般無情的硬物，把我們壓倒
在床下
剛開始我們害怕到尖叫
然後開始大笑
瘋狂大笑。

她去上洗手間後，我也去，接著在床上放倒然後

睡覺。

我一大早被弄醒……她趴在我下面，正在幫我
吹簫，吹得很起勁。

「沒關係，」我說，「妳不用幫我
吹。」

她沒有停嘴，幫我吹完……

早上我們經過那位櫃台人員，他戴著粗框深色眼
　　　鏡，
坐在那裡彷彿被籠罩在夢中狼蛛的陰影裡：從昨晚
　　　我們進旅館時
他就一直坐在那裡：像陷入永恆的黑暗，我們快走
　　　到大門時

他說：

「別再來了。」

我們往北走兩條街，左轉，再走一條街，然後往南
　　　再走一條，走進街區
正中央的威利餐廳
自己坐在吧台
正中央。

我們點啤酒充當餐前酒，她開始翻皮包想要
找菸，接著我站起來走向點唱機，投幣
進去，走回來坐下，她舉起玻璃杯說：「第一杯最
　　　好喝，」
我也舉起酒杯說：「最後一杯……」

餐廳外車陣往北往南，往南往

北，

漫無

目的。

22 流鶯，指街邊招攬客的性工作者。
23 The City of Angels，洛杉磯的別稱。

另一位傷者

貓被車撞
現在體內的銀色螺絲固定著一根斷掉的
股骨
右腿
包裹著滲血的
繃帶

去獸醫那裡把貓帶回家
眼睛稍微離開
牠
一下下

牠在地板上衝刺
拖著牠的紅

腿

追著母

貓

這隻蠢貓根本是

在折磨

自己

牠就像待在判罰

區 [24]

現在

如坐

針氈

牠跟我們

其他人

一樣

一雙黃色眼睛
又大又圓
瞪著發呆

只是想要
過著
爽快的
貓生。

---

24 penalty box，指冰上曲棍球球員被罰下場後待的區域。

駕車的考驗

如果你被
防衛心與怒氣爆表
的汽車駕駛比
中指
只能說活該
誰叫你遇上他們
開車出問題？

我很清楚
那根中指有什麼
含意
不過等到中指比向
我
有時候

面對著那張

漲紅

扭曲的

臉

還有中指

我不禁大笑。

不過今天

輪到我自己

對某個傢伙

比中指

因為他把車直接

切到我前面

沒有在

超市出口

排隊等待。

我比著中指對他
搖晃。
他看見了
然後我開車直接撞上他的
後
保險桿。

這是我的初
體驗。

我加入了撞車者的
俱樂部
覺得自己像個
大
白痴。

這就是為什麼葬禮都如此悲傷

他空有一身本領但卻懶散，沒有

鬥志，被女人搞到腦袋空空，情感也

空空，只想開著他的

炫車兜風

他每個月去做熱蠟除毛

鞋子有磨損就

丟掉

但

他的右拳還是最厲害

在這一行

而且他的左鉤拳能打斷對手的肋骨

前提是他能聽我的話

但

他就是欠缺他媽的想像力

他還排在前十名

但表現漸漸下滑

他能賺到錢

但老是全都離他的荷包而

去。

某天他的表現將會不及

現在的

十分之一。

他會覺得所謂勝利就是比別人

脫掉更多女人的

內褲。

這方面他的確是

冠軍。

在回合之間的休息時間

你會看到我對著坐在擂台角落的他

大吼大叫

我想把他叫醒，要他面對事實：

現在

是振作的時候了！

他只是對我咧嘴一笑：

「媽的，你來跟他打啊，他

超厲害……」

我的表弟，真希望你知道自己

跟很多人一樣

做得到

卻

不想做。

被逼到牆角

嗯，老是有人說
這句話：老了。才華沒了。老是
詞窮

聽著黑暗的
腳步聲，我轉身
往後看……
還沒來，你這隻老狗……
但也快了

現在
他們坐著討論
我：「沒錯，該來的還是來了，他
玩完了……真

可悲……」

「他本來就沒多厲害，
對吧？」

「是沒有啦，但現在……」
現在
他們在慶祝我的落魄
在原本我是常客的
那些酒館裡。

現在
我總是獨飲
在這不好用
的電腦前
就在陰影漸漸成形

之際
我慢慢撤退但還沒
認輸

現在
我曾有的前途
消逝中
消逝中

現在
點燃香菸一根又一根
倒酒
一杯又一杯

我打過那美好的
一仗

還在

打。

跟珍²⁵一起流浪

我們沒有爐子

只好把洗手槽裝滿熱水

把一罐罐豆子放進去

加

熱

在星期一

我們看垃圾桶裡

挖出來的

星期天報紙

但我們總能設法弄到

買紅酒的錢

還有

旅館房錢

那些錢都來自

街頭

從當舖弄來

不知從哪裡弄來

但我們唯一在乎的是

一直能把酒

弄來

我們喝酒唱歌

也

吵架

我們常在酒鬼的拘留所

進進

出出

撞車

進醫院

我們老是

在躲

警察

旅館的

其他房客

討厭

我們

櫃台辦事員

害怕

我們

就這樣

一天過

一天

而這是我

最美好

的

人生時光。

[25] Jane Cooney Baker，布考斯基的第一個長期情人，比他大十歲。

黑暗

黑暗籠罩人世
人臉變得
好恐怖
人只想要更多
更多。

每一天我們都在
意外中蒙受
羞辱——有時
很殘酷，有時
比較不殘酷
但這種事
令人疲倦
沒完沒了。

損耗已成王道。

世人大多放

棄

他們原本該繼續

存在

的地方

變得空蕩蕩。

我們的祖先，我們的

教育體系，

土地、媒體，一切都

已

欺騙與誤導了

群眾：你們會

失敗

都是因為

真正的

夢想

太枯燥。

群眾沒有

意識到

無論是成就、勝利或

運氣或

不管你他媽

說的

那什麼

肯定都是

失敗連連後才能獲得。

這慢慢轉變的過程

還是可能

有奇蹟

發生

前提是你必須東山再起

繼續走下去。

但現在

我們已經準備好毀掉自己

只是能損耗的

已經所剩無幾

這讓悲劇變得

更少但也

更多

更多。

書裡的白蟻

我發現我認識的詩人

大多有個問題：

他們從來沒做過正職的工作

但偏偏最能

讓人

接觸

真實世界的

莫過於

一份做滿八小時的工作。

我認識的這些詩人

大多好像

都是靠

喝西北風

就能過活

但

實際上並非

如此：

他們身後總是有

某位家人

通常是老婆或老媽

支持著這些

傢伙

所以

這也難怪

他們寫的詩會那麼

爛：

從一開始

他們就被保護得太好

連真實世界都

不認識

所以他們
什麼都不懂

只懂他們的
指甲
還有
他們的優雅
髮型
以及
他們的
淋巴結。

他們的字句都沒有
經過生活考驗、沒有料、沒有

真實度，而更糟的是——
只顧著文字要酷炫
但卻太無聊。

他們軟弱嬌貴
只會聚在一起
搞小動作、恨來恨去
聊八卦，而這些
美國詩人
為了假裝自己
很偉大
大多把天分都給浪費
虛耗了。

詩人（？）：
這兩個字需要重新

定義。

當我聽到這兩個
字
我的肚子就
有一種
好像快吐的
感覺。

他們想演戲就給他們
舞台吧
只要我
不用去當
觀眾
就好。

爽一下

她在床上躺著說，喂，我只想打炮
不想打交道，我們直接來吧，我不想勾勾纏，
懂嗎？

她雙腿一踢，把高跟鞋都踢掉……

當然好，他站著說，我們就裝做已經
做過了，這樣一點也不勾勾纏，
對吧？

你他媽工三小？她問道。

他說，我的意思是，我寧願喝酒
就好。

他幫自己到了一杯。

這是個不怎麼美妙的賭城之夜，他走到窗邊然後
看著窗外的黯淡燈光。

你是死娘炮？她問道。你他媽是
死娘炮嗎？

他說，不是。

她說，你不用這樣犯賤吧——難道就因為你賭牌
輸了？我們大老遠開車到這裡來爽一下
結果你看看自己：居然灌起酒來，要灌酒倒不如留
　　在
洛杉磯！

他說，好啦，我現在就是只想跟這瓶他媽的酒
勾勾纏而已。

她說，我要你載我回家。

他說，正合我意，我們
走。

有時候人生就像這樣沒有任何損失，只因為也沒有
任何收穫，而就在她穿衣服時他感到
悲傷

不是因為他自己和那女人，而是為了千百萬個
像他和那女人一樣的人
窗外燈光閃爍，一切看來都是如此不須費力
而又虛假。

她已經穿好衣服，很快：她說，我們離開這個鬼地方吧。

他說了一聲好，他們就一起走出房門。

靜止的高空鞦韆

薩羅揚[26]對老婆說:「為了寫作,
我非賭博
不可。」她叫他想賭
就賭。

結果他輸了三十五萬
大多輸在賭馬上
但還是寫不出東西
連稅金都繳不起。

他為了避稅而出國自我流放
到巴黎去。

後來他回國,卯起來

跑當鋪
差點連內褲都
當掉——
版稅越來越
少。

他還是寫不出東西
要不就只是寫得出
鳥東西
因為過去在經濟大蕭條時代
能夠大大
鼓舞人心的
美好樂觀主義論調
這時到了
經濟
再次起飛時

全都變成

糖水。

到他去世時

這世界

已經忘了

誰是威廉・薩羅揚

他只是個

過氣的傳奇作家

留著一嘴

跟他多年前移民到

佛雷斯諾[27]的老爸

相同的

亞美尼亞式

八字鬍。

William Saroyan（1908-1981），美國小說家、劇作家，曾獲普立茲
戲劇獎。
Fresno，加州中部的城鎮。

一月

這裡
你看見這隻
手

這裡你看見這片
天空
這座
橋

聽到這個
聲音

大象
的苦痛

侏儒黑猩猩
的惡夢

還有
幾隻鸚鵡
坐在籠子裡
色彩
繽紛

在此同時許多人
分崩離析
從邊緣
掉落
就像鵝卵石
就像
巨石

瘋人院痛苦

尖叫

但世界各國的

皇族

卻在

馬背上

或在

閱兵時

優雅

入鏡

威風

凜凜

在此同時

毒蟲還是毒蟲

酒鬼還是酒鬼
妓女還是妓女
殺手還是殺手

信天翁眨眨
眼

天氣大多
還是
一樣。

太陽蛋

沒事。坐在咖啡店吃早餐。**沒事**。店裡有女服務生，
很多人吃東西。車流經過。不在乎
拿破崙說什麼，柏拉圖說什麼。屠格涅夫像蒼蠅被
　　無視。我們疲累
不堪，希望熄滅。我們伸手拿咖啡杯時就像機器人
　　即將
取代我們。盟軍在義大利登陸戰奮戰，在東線戰場
　　血戰都不
重要。我們知道我們已經戰敗。**沒事**。現在重要的
　　只剩
撐下去
　　　總之——
能吃就吃，能看報就看報。我們
看到關於自己的事件。新聞都是

噩耗。無論關於什麼都

沒事。

早在果蠅入侵比佛利山莊很久前拳王喬·路易斯已

　　死。

不過，至少我們能坐著

吃東西。這一路走來

好辛苦。情況可能

更糟。可能比**沒事**

更糟。

我們就跟女服務生再要一杯

咖啡吧。

那個**婊子**！她明明知道我們有事

找她。

她只是站在那裡像

沒事一樣。

無論英國查爾斯王子是否落馬

或蜂鳥是否瀕臨絕跡

我們是否無感到不可能發瘋

都無所謂。

咖啡。再幫我們倒咖啡就沒事

咖啡。

穿棕色西裝的傢伙

媽的，他好矮

大概身高一六○

體重六十公斤，

我不喜歡

他，

銀行裡

他坐在辦公桌

前

而我在排隊

他好像很喜歡

瞄著

我

我則是瞪

回去，

我不知道

我們為何

看彼此

不爽。

他留著兩端

往下翹的

八字鬍，

年約四十五

跟大多數的銀行員工

一樣

個性怕事

卻

自以為是。

某天我幾乎

翻過欄杆

去嗆他：

你是在

看

三小？

今天我進去

排隊

看見他離開

辦公桌。

有個女出納員

沒辦法

幫某個顧客

解決

問題

穿棕色西裝那傢伙

開始

為他們倆

提供

意見。

突然間

穿棕色西裝那傢伙

跳過

欄杆

走到那個顧客

身後

用兩隻手臂

環抱他

沿著欄杆

把他拖往

一個門被閂起來的

入口

一方面設法

抓著

那個顧客

另一方面伸手

打開門閂。

然後把他拖進

門裡面

重新閂上

門

而且他一邊

抓著那個顧客

一邊跟某個

女出納員說：

「報

警！」

那個被抓走的顧客是

年約二十，黑人，身高鐵定有一八八
可能有八十六公斤
我心裡想著，喂
兄弟，掙脫啊，坐牢要坐
很久欸。

但他只是站在
那裡
被
抓著。

警察到場
以前
我就走了。

下次

我去銀行

看到那個穿棕色西裝的傢伙

還是坐在

辦公桌後。

等到他又瞄

我

我只是弱弱微笑

一下。

馬場魔術師，走了……

他們一個接一個走了，輪到我的那天也

越來越接近

但我沒那麼在乎，只是

我不願面對一件事：

任誰都一定會死

都會在某個時間點消失。

上星期天

馬場上最偉大的輕架賽車手[28]

身材矮小的喬·歐布萊恩[29]，去世了。

我曾屢屢見證他贏得

比賽。他

的絕招是某種搖動身體的方式

手裡揮動韁繩

身體前搖

後擺。他

每次使出這個絕招

總是在最後衝刺階段

看起來非常誇張

效果又好……

他身材矮到

沒辦法像

其他人那樣

用力揮鞭

所以他在馬車上

前搖後擺

馬兒也感受到他激動得

像閃電

那瘋狂搖擺的韻律

讓人跟馬

合而為一……

這情況感覺起來像

賭最後一把的人

向神禱告

而神往往有求必應……

我看過喬‧歐布萊恩贏了

一次又一次

靠照片定輸贏的比賽

每次都只差一個鼻頭。

其他選手

駕馭不來的馬兒

到了喬手裡

彷彿脫胎換骨

往往被他

激發出

滿滿的

爆發力。

喬·歐布萊恩是我見識過

最厲害的輕架賽車手

過去幾十年來我見過的選手

可不少。

無論是用哪一種步伐

跑步的馬

沒有人比矮子喬

更懂得養馬哄馬

沒有人有他那種魔法。

他們一個接著一個走了

總統

清潔工

殺手

演員

扒手

拳手

槍手

芭蕾舞者

漁夫

醫生

廚子

都

一樣

但我們

很難

很難

找到誰能取代

矮子喬·歐布萊恩

今晚

（一九八四年十月一日在洛斯阿拉米托斯[30]）

賽馬場

幫他舉辦

告別式

身穿絲質比賽服的

選手們

在終點線

圍成一圈

我必須轉身

離開觀眾

走向上方觀眾席

距離牆壁

沒幾步路

以免被大家

看到我

在哭。

28 harness driver。輕架車賽（Harness racing）為賽馬的一種形式，賽
    車手會坐在馬匹拉著的兩輪車上駕駛。
29 Joe O' Brien（1917-1984），來自加拿大的輕架賽車馬賽選手。
30 Los Alamitos，隸屬於加州中部橘郡的一個小城。

嗯，我就是我……

有時候情況似乎

糟到極點

全世界都跟我作對

折磨著我

一分分、一天天、一週週

一年年

似乎都浪費了——

在黑暗中

躺在床上放空

看著天花板

突然浮現一個許多人會

覺得噁心的想法：

能當布考斯基，

真爽。

男女之間

我總是覺得瑪莉·路瘦巴巴

沒啥看頭

但其他傢伙卻

都很

哈她。

也許是因為

國中時期她是我的跟屁蟲。

我不鳥她

她反而被我煞到。

當年我又酷又賤

老是有人問我：

「你上了瑪莉·路沒啊？」

我的答案總是那句

老實話：

「她是個無聊咖。」

有個傢伙

是我們的化學老師。

叫韓姆先生。長滿皺紋的韓姆老是打個小小

領結，身穿黑外套

一個應該

有腦的

可憐傢伙。

某天瑪莉·路來找我

告狀

說韓姆要她課後

留下來

把她帶進

小房間裡
強吻她
往她內褲裡
亂摸。
她哭著問：「我該怎麼
辦？」

「算了吧，」我說。
「他吸了太多化學物質
腦袋秀逗。我們有個英文老師
每天都把裙子撩起來
想跟班上的每個學生
上床。我覺得她很有趣，
但沒鳥她。」

「你怎麼不把韓姆老師打一頓？」

她問我。

「我可以啊，但學校會叫我轉學到
史都華霍爾高中。」

史都華霍爾高中只會毒打
學生
什麼數學、英文、
音樂課都不用上，只把你丟進修車
廠
逼你修老車
學校再把車賣掉
發大財。

「我以為你喜歡我，」瑪莉・路說。
「你耳聾了？我說他

強吻我，不但舌吻

還把手插進我

後面。」

「喔，」我說，「我們那天也曾看過

拉提摩爾老師的下面，在英文課。」

瑪莉‧路離開，邊走邊

哭……

後來，她跟老媽告狀

韓姆老師遭殃

他不得不

辭職，可憐的王八

蛋。

事後大家都問我，
「喂，韓姆用手指
玩你馬子的屁股，
你都沒感覺嗎？」

我說：「又是一個
沒品味的傢伙。」

當年我又酷又賤
繼續把高中念完
跟
瑪莉‧路同校
結果她在高三
就偷偷
結婚
嫁給一個

我認識

酒量比我小

還被我痛扁過兩、三次

的傢伙。

那傢伙自以為

了不起。

他要我當

伴郎。

我說，門都沒有，還祝他

好運。

我永遠搞不懂

大家怎會都那麼哈

瑪莉‧路。

可憐的韓姆沒眼光：

寂寞又變態的老
屁股。

總之我畢業後上了
市立學院
在那學校裡
唯一會被騷擾的
只有學生的
心靈。

決裂

「我再也不能跟你住了，」
她說，
「*看看*你那鳥樣！」

「啥？」我
問她。

「*看看*你那鳥樣！
坐在那張
爛椅子
上！
肚子快把
內衣
撐破

襯衫被菸

燒出一個個

破洞！

你他媽

整天只會

灌啤酒，

一罐接一罐，

這對你有什麼

好處？」

「傷害已經

造成，」我告訴

她。

「你在工

三小？」

「什麼都不重要，

我們也知道什麼都不重要，

只有這件事

重要……」

「你他媽是個酒鬼！」

「拜託，北鼻，我們別

吵架，這沒有

關係……」

「我有關係！」她大叫，

「我有

關係！」

她衝進洗手間

畫好

妝。

我站起來拿另一罐

啤酒。

我坐下來

剛把新拿的那罐啤酒

放到嘴邊

她就從洗手間

走出來。

「媽的！」她大叫，

「你

超噁心！」

我對著

啤酒罐大笑，被酒嗆到

噴了一點啤酒在
內衣上。

「天啊！」她
說。
她砰一聲關上門後
消失無蹤。

我看著關上的門
還有門上的喇叭鎖
很奇怪的是
一點也不覺得
孤伶伶。

我的朋友，某位停車場員工

——他是個玩咖
——留著兩撇黑色八字鬍
——老是叼著雪茄

收費時他老是會把身體
伸進車裡

頭一次見面時，他對我說：
「嘿，你要削
爆了？」

「也許吧，」我說。

下一次他說：

「嘿，老大！最近
怎樣啊？」

「不怎樣，」我告訴
他。

再下一次我帶著女友
他只是
咧嘴笑。

又下一次只有我
自己。

「嘿，」他問我，「你的
小馬子咧？」

「在我家……」

「狗屁！我敢打賭，她一定是甩了
你！」

下下下下次
他還真的把身體伸進我車裡：

「你這種傢伙怎麼會開
BMW？我猜你的錢是
繼承來的，開這種車的人都沒
大腦！」

「你怎麼知道？」我
回答他。

那已經是幾週前

最近我都沒看到他。

像他那種傢伙,我看八成是

換了一份更爽的

工作。

奇蹟

剛剛聽完一首交響樂曲

那是莫札特

在一天內匆匆完成的

但在我心頭留下的

欣喜若狂

卻能永恆保留，

無論永恆

是什麼

莫札特

已經逼近那個

境界。

一首不急迫的詩

有個傢伙寫信告訴說

跟我以前的詩

相較

現在我的詩裡面

少了一種

「急迫感」。

好吧，就算真是這樣

他幹嘛寫信

告訴我？

難道我讓他的日子

變得比較

不好過？

有

可能。

嗯，有些我曾經

認為很厲害

或

至少

非常棒的作家

的確也

曾讓我

感到

失望

但

我可從沒想過

要寫信告訴他們

說我感覺到他們

要

完蛋了。

我覺得我最多

只能

一字一字

敲出自己的作品

任由垂死的作家

死去

因為，誰

不會死呢？

我跟那個大我十歲的女人[31]的初戀

現在回想起來

當年那場初戀讓我好

難受

我天真到讓自己感到

丟臉，

但我不得不說

她的酒量跟我

一樣好，

而且我也知道她的人生

她對這世界的感覺

早已經因為許多往事

消磨殆盡

我也只是個

暫時的

伴侶；

她大我十歲

過去與現在

都為她帶來致命傷；

她也對我不好：

遺棄、腳踏多條

船；

她帶給我無限的

痛苦，

持續不斷；

她說謊、偷錢；

她遺棄我，

腳踏多條船，

但我們還是有過美好時光；後來

我們這齣小小的肥皂劇

以她在醫院

昏迷畫上句點，

我坐在病床邊

好幾個小時

跟她說話，

然後她打開雙眼

看見我：

「我就知道是你，」

她說。

接著就

閉上雙眼。

隔天她就

死去。

之後

我自己獨飲了

兩年之久。

指 Jane Cooney Baker，布考斯基的第一個長期情人，比他大十歲。
一九六二年她因為胃潰瘍失血過多而離世。

高速公路人生

有個白痴持續擋路，等到我終於繞過他，自由自在
　　的我
爽到把時速催到一三七（當然要先看看後照鏡，
確認沒有人民保母）；接著我感覺到也聽到車底傳
　　來砰的一聲
硬物碰撞聲響，但一心想要趕路所以故意
不理會這狀況（好像這問題會消失似的），即便我
　　已經開始
聞到汽油味。
我看看油表，油量似乎還沒減少……

那一週我已經過得很糟
但你也知道，所謂物極必反，倒楣久了反而能順利
　　起來，而且如果

（例如某個女人，兩隻手被凍得黏在方向盤上花了

　　十五分鐘

苦勸跟硬撬才讓她放手。）

兩天後終於拿回車子，從賽馬場開車回家的路上，

又發現剎車不靈，幸好這次還沒開上

高速公路，所以我熄火後滑往路邊，發現轉向柱

外殼鬆脫後擋住剎車，我把外殼剝掉，然後

又把一些東西撥開，結果一整團電線

噴出來

他……媽……的

我轉動鑰匙，踩下油門，結果車居然還能開

然後我把車開走，整團電線就那樣懸在大腿上

我心想：

這些事會發生在

別人身上，還是

只有我特別衰？

我覺得一定是我比較特別，接著就開上高速公路

遇到某個開福斯的傢伙超車，還擋住我的

車道

我二話不說馬上繞過那個王八蛋，腳催油門

一百二、一百三、一百四⋯⋯

我心想：每天早上要讓自己起床

面對

同樣的鳥事

一遍又一遍

還真是需要

很大的勇氣。

[32] Imperial Highway，洛杉磯的東西向公路。

賭徒

我花四十元押六號賽馬贏

到最後衝刺時牠領先兩個身長

沿著欄杆往前狂奔

騎師右手持鞭

鞭打

牠衝進灌木叢

把騎師

甩開

我的賭金就這樣

飛了。

這是那天第七場比賽

我心想那匹馬

也許無論如何都

輸定了

然後我猶豫是否該離開

但最後決定玩

第八場，

用二十元買一注

賠率一賠五。

到了第九場我下注四十元

押在我第二喜歡的馬身上

鐘響後把賽馬都嚇一跳

我下注的馬用後腳站起來

狂奔而去

獨留騎師在馬欄裡。

我搭電梯下去

走出

大門

遇到一個年輕人跟我討
一元車錢
讓他能搭公車
回家。

我給他錢的時候
對他說：
「你該遠離這個
鬼地方。」

「嗯，」他說，「我
知道。」

然後我一邊走向停車場
一邊摸著外套口袋
找香菸。

沒事。

加州 93776[33]佛雷斯諾市 11946 號郵政信箱

在賽馬場輸了五十元後開車回家

天氣熱到爆

禮拜六的人潮把賽馬場擠爆；

我腳痛又脖子痛

還有肩膀痛——

身心俱疲：人潮總是搞得我

心神不寧。

把車開進我家外面車道上

拿了郵件後

把車往上開，停好

進家門後打開國稅局的來信

編號 525 (SC) (Rev. 9-83) 的表格[34]

讀完後發現

我必須補繳

一九八一年所得稅稅額是

一萬兩千六百〇四元七十八分

外加

兩千八百八十三元十二分的

利息

而且往後

每天

都會加計利息。

我走進廚房倒了一杯

酒。

生活在美國還真是

奇妙啊。

嗯，我大可以讓利息

越滾越多

政府還不是

這樣？

但過一陣子他們會開始

對我追稅

不管我剩下

多少錢。

至少這讓我的心情好一點

輸掉那五十元

也算不了什麼。

明天我得再去賽馬場

一口氣贏他個一萬五千四百八十七元九毛

外加每日累計的

利息。

為此我乾了一杯，

心裡想著：

離場時

怎麼沒有買一份

《每日賽馬新聞報》[35]？

33 93776 是佛雷斯諾市的郵遞區號。

34 SC 代表南加州；Rev 代表稅種是所得稅。

35 *Daily Racing Form*，一八九四年於芝加哥市創辦的賽馬報紙。

可憐的艾爾

我不知道他怎麼辦到的
他交往的每個女人都是
瘋子。
他總是能擺脫
那些瘋女人
但他的「瘋女人緣」沒有
斷過──
馬上會有另一個瘋女人開始
跟他同居。

每次都是她們搬進去後
開始變得瘋瘋
癲癲
她們才跟他承認：

嗯，我住過瘋人院

一段時間

或者她們家有

長期的精神病

病史。

他把上一任

送去看心理醫生

一週一次：

四十五分鐘收費七十五元。

七個月後

她不再去看

那位心理醫生

還跟艾爾說：

「那個他媽的死娘炮完全

不懂我。」

真不知道她們是怎樣找上

艾爾的。

他說，初次見面是

看不出來的

她們隱藏得很好

但過了兩、三個月

失去戒心後

艾爾就會發現自己遇上了

另一個瘋女人。

情況糟到艾爾以為

也許問題在於

他自己

所以換他去看心理醫生

一問之下

醫生說：

「你是我遇過精神

最正常的人。」

可憐的艾爾。

這下他心情比先前

更

糟了。

寫給我那些常春藤名校的朋友們：

過去在巡迴各地參加朗誦會期間我認識或聽說的

許多人要不是在教書就是當上了駐校詩人

而且也拿到了古根漢基金會或國家藝術基金會[36]或

　　　其他各種獎助。

話說，我自己也試過古根漢，甚至拿了一次國家藝

　　　術基金會的。

所以我不能批評這種事

但

大家真該看看當年他們：衣衫不整、眼神超殺對體

　　　制

大加撻伐

現在

他們都已經融入體制、被收編、安於現狀

他們幫期刊寫書評

他們寫的詩四平八穩、安安靜靜、不痛不癢

他們編輯的雜誌多到我都不知道這首詩應該投稿到

哪本

因為他們批評我作品的頻率高到讓我吃驚

而且

我也讀不下他們的詩

不過他們對我的攻擊在這國家的確奏效

所以

要不是有歐洲人的欣賞，我可能已經餓死

或在街頭流浪

或在你的花園裡幫忙除草

或……？

好吧

你也知道那句諺語：蘿蔔青菜

各有所愛

而且

要不是他們對我錯，就是我對他們全都

錯了

或是

我與他們都在對錯之間。

世人對此大多毫不在乎

而

我也常有同

感。

[36] National Endowment for the Arts（N.E.A.）。

幫助老人

今天我在銀行排隊
前頭那個老傢伙的
眼鏡掉了（幸好是裝在
盒子裡）
他想要彎腰撿眼鏡
我看見這對他太
困難
於是說：「等等，我來幫你
撿吧……」
但等到我撿起眼鏡
他又掉了他那根
表面光滑又漂亮的黑色
拐杖
所以我把眼鏡還給老傢伙

撿了拐杖後

還給他

讓他能站穩。

他沒說話

只是對我微笑。

然後他就轉身

向前。

我站在他後面繼續排隊

等待。

第三街佛蒙特旅館的悲劇

小偷阿拉班老是鬼鬼祟祟，他趁我喝醉
來到我房間
每次我站起來他就把我
推倒。

王八蛋，我嗆他，你知道我可以
打爆你！

他沒說話，只是再一次把我
推倒。

等我酒醒了，我說，我要一腳把你
踹到地獄裡！

他還是沒說話

一直推我。

最後我狠狠打中他的

太陽穴

他被打得往後退，接著就

離開了。

幾天後我討回

面子：跟他馬子打了

一炮。

我下樓去敲他的

房門。

嘿，阿拉班，我跟你的馬子打完炮，

現在要來把你一腳踹到
地獄裡！

那可憐的傢伙哭了起來，雙手捧著
臉，哭個不停。

我站在那裡看著
他。

我說，真抱歉啊，
阿拉班。

接著讓他自己待著，回到
我的房間。

我們都是酒鬼，也都沒工作，只能彼此

相依為命。

那時候有個女人算是我馬子，她在某個
酒吧或哪裡工作，已經有好幾天
不見人影。

我還有一瓶
波特酒。

我拔掉木塞，拿到阿拉班的
房間去。

我說，痞子，
要不要來喝一杯？

他抬頭看我，站起來，去拿了兩個

玻璃杯。

長遠計畫

某年冬天在費城想當個作家
卻快餓死
我寫了又寫，喝了又喝
又喝
接著索性不寫作，專心
喝酒。

喝酒是另一種
藝術形式。

如果做某件事始終沒走運，那就改做
另一件事。
當然，喝酒是我一直身體力行的
藝術形式

打從十五歲
開始。

這個領域也是
非常競爭
啊。

這世界上有許多酒鬼、作家還有
酒鬼作家。

所以
我成為一個快餓死的酒鬼而不是快餓死的
作家。

最棒的是我立刻能夠有
成就。

很快我就成為我家附近

甚至整個費城

最厲害、最屌的

大酒鬼。

與其每天坐等《紐約客》和

《大西洋月刊》的退稿信，我他媽還不如

當個酒鬼哩。

我當然從沒想過要放棄當

作家，只是想要休息個

十年

心裡盤算著要是我太早成名

等到需要最後衝刺時就會沒有力氣了

不會像現在這樣能量飽滿，謝謝

大家，

灌酒倒是灌得跟以前一樣
多。

垃圾

我被人痛扁一頓

我惹上了一頭狂牛，而且因為

是爭風吃醋，因為他下手狠毒，因為他

渾身蠻力

差點把我揍死：

事後我才知道

在我暈過去後

他還是不斷踢我的頭，一遍又

一遍

然後把好幾桶垃圾倒在

我身上

接著他們就離開，獨留我在

小巷裡。

那時我是個外地人。

大概在星期天早上六點

我終於

醒來。

我的臉上到處

瘀青、結痂、積血、腫脹，麻木的雙唇

腫得像香腸，雙眼腫到幾乎

張不開

但我還是站起來

自己走出小巷；

回我房間的路上

我瞇著眼看太陽、房屋，人行道看來

搖搖晃晃

這時我聽見街上有沉重的走路聲

傳過來

我定睛一看

發現有個

男人腳步蹣跚

衣服破破爛爛、渾身是血

他身上聞起來充滿死亡與黑暗的味道

但還是在大街上

持續往前走

好像已經這樣走了好幾

英里

剛剛經歷了非常悲慘的事件

連他的腦袋都可能

不敢置信。

我有一股想去幫他的衝動

於是離開

街邊

往他走過去。

他看不見我，只是往前走

想要朝某處走去，

哪裡都好，而
我看見他有一顆眼球爆開
垂在眼窩
外。
我嚇到往後退。
他簡直像個外星
生物。
我任由他
走開。
我聽見他在我身後離開的
聲音
盲目地走著
東倒西歪
淒淒慘慘
麻木無感
孤孤單單。

我走回
人行道。

我回到自己
房裡。
設法躺到
床上。
我臉部朝上
看著上面的天花板
等待著。

搞消失

有時酒吧讓我

膩了

總是會去某處：

那是個荒煙蔓草的

廢棄

墓園。

我不覺得這個

嗜好有多病態。

我覺得那是個絕佳

去處。

每當凶猛的宿醉來襲

那裡總能療癒我。

荒草之間我能看見一個個

墓碑

許多已經年代久遠而

歪歪

斜斜

好像就要

倒下

但我從沒看過任何一個

倒下

儘管園內墓碑多不

可數。

墓園裡又涼又暗

微風徐徐

我常在裡面

睡覺。

從來沒有

出事。

每次消失一陣回到

酒吧後

他們總是

問我：

「你他媽死去

哪裡啦？我們還以為你真的

掛了！」

我是他們的酒吧怪咖，他們需要我的存在

才能讓自己感覺

沒那麼糟。

就像，有時候，我自己也需要那座

墓園。

拜託拜託

那些狗屁思緒

像滔滔河水不斷流進

我的腦海裡，海象船長

我只知道自己幾乎不知道那些是

什麼狗屁，而且只要能

讓那些思緒停下來

要我唸幾遍「萬福瑪利亞」都可以——

我甚至願意再跟那個鐵石心腸的

妓女同居

只要我腦海裡不再出現那些狗屁思緒

就好，但是海象船長

我當然不會

把賽馬戒掉或

戒酒

只求

船長您

停下那滔滔河水

我發誓再也

不會吃蛋和

剃光頭和剃陰毛

我可以搬到德拉瓦州去住

我甚至願意逼自己看完任何一部

珍‧芳達或她老爸、老弟、姪女演的

電影。

想想看吧，海象船長

梅子在布丁裡，陽傘被西風

吹歪

我總得做點事來解決這所有

問題……

似乎總是無法

停下來。

每個人的地獄都在不同

地方：我的就在

自己那張

毀掉的臉上方

和後面。

十六位元的英特爾 8088 號晶片

用了蘋果的麥金塔電腦

磁碟機就跑不了那些在

RadioShack 買的程式。

用 IBM 個人電腦製作的檔案

也沒有辦法用

Commodore 64 電腦

來讀取。

Kaypro 與 Osborne 兩間公司的電腦

都是使用 CP/M 作業系統

但兩者之間

並不相容

因為兩種電腦

讀寫光碟的方式

不一樣。

Tandy 2000 跑的是 MS-DOS 作業系統

但無法使用

IBM 個人電腦製作的程式

除非把程式的某些

部分進行

微調

但春天時薩瓦納

的上空還是

風好大

而紅頭美洲鷲在

母鷲面前還是趾高氣昂

動來動去。

腦袋空空

坐在那裡看著 TIMEX 時鐘的秒針轉啊轉

轉啊轉⋯⋯

以後我八成不會記得這樣的夜晚

坐在這裡搔頭晃腦

其他男人早就跟他們的辣妹滾起床單了

我自己則是腦袋陷入一片空白。

我沒菸了而且就算要飲彈自盡也沒槍。

唯一在身邊作伴的就是我的寫作瓶頸。

TIMEX 時鐘的秒針轉啊轉

轉啊轉⋯⋯

從小我就想當作家

現在我連個屁都寫不出來。

倒不如下樓跟我老婆一起看深夜電視節目

她會問我寫得怎樣啦？
我漫不經心揮揮手
在她身邊坐定
看著電視裡那些人跟我一樣
挫折失敗。

現在我就要下樓去了，走樓梯的樣子
真是有看頭：

一個空洞的傢伙小心走路以免絆倒撞到
空洞的頭。

墮落

近來

我開始覺得

這國家

已經倒退了

四、五十年

而且社會的

所有進步

人

與人之間

的好感

蕩然

無存

取而代之的是

舊時代的

偏執頑固。

人類對於權力

的自私慾求來到

歷史高點

以前也從未像現在這樣無視

弱者

老者

貧者

與

無助者。

我們有需求時就

開戰

為了解救自己而

奴役他人。

我們浪費了過往的
成就
我們擁有的一切正在
快速
流失。

原子彈的出現反映了
我們的恐懼
我們注定滅亡
我們
羞愧難當。

現在
我們感到悲痛
至極
難過到

無法

呼吸

甚至無法

哭泣。

欣然接受……

也許我快瘋了，但沒關係

但詩興像一道道大浪湧現腦海

力道越來越

強。這時

在灌了海量的烈酒

入肚後

我想如果我繼續喝

只有身心耗損才會是合理的

報應吧——沒錯啊

瘋人院、貧民區、墓園裡

多得是像我這樣的

酒鬼

但每天晚上我帶著一瓶酒在這

機器面前坐下

一首首詩在我腦海裡活跳跳持續
湧現，像是一股歡快的低調力量
咆哮著，像是六十五年的歲月
舞動著——我的嘴巴咧開
稍稍噘起來
鍵盤持續敲出
充滿堅實力量的醺
醉奇蹟。

在神的眷顧下我才能過這種
生活，要換成別人就算是
跟牛一樣壯也早就死了
而我不是那種
人。

當然，打從一開始我就意識到

我的內在有種奇怪的

煎熬

但作夢也想不到我有如此

運氣

受到這等無上的

眷顧

就算死了我也能

欣然

接受。

應該是出名了

對這一大早的河東獅吼我

不太在意

我可憐的老婆，親愛的，在樓下唸唸唸：

你整天泡在賽場

整晚在樓上與酒瓶和那機器

為伍。

我可憐的老婆，親愛的，希望她以後能

上天堂。

我的朋友不多

希望他們也能上天堂

在我看來他們都是

比別人多一點火花

多一點創意的人類，不過他們

都已消逝

但

我天生就孤僻

對此倒是沒有太

難過——

跟我作伴的還有五隻

貓：亭亭、丁丁、比克、比利克和

布拉伯。

對這一大早的河東獅吼我

不太在意。

現在我這作家

應該是

出名了

影響一堆打字員的

生計。

所以

我能
對這所有事
一笑
置之。

名氣是最後的娼妓，其他都已
離我而去。

還有，我也不在意要比別人
厲害
這種生活不是我的
菜：我老早就有這種
領悟，那時我
三餐不繼
窗戶開了就往外
噓噓

繳不出房租
就把裝了酒的水杯砸在
牆
上。

亭亭、丁丁、比克、比利克和
布拉伯。

現在死亡在我心裡像植物慢慢
茁壯

對這一大早的河東獅吼我
不太在意

對生者與死者我都感到可悲
但不讓我難過的有我那五隻貓

還有我老婆，未來會

上天堂的

我老婆。

至於那些消逝

的人

不是我讓他們消逝，他們自己

消逝了。

人行道上空蕩蕩但

一雙雙腿

來來去去——

這世界就是這樣

運行。

不用太在意

就像

收音機傳來的

男人彈鋼琴聲，還有

牆壁

站起來

退下

就像萬物的勇氣

即便跳蚤

蝨子

狼蛛

在這一大早的

咆哮都讓我

吃驚。

最後一杯

又來了，最後一杯酒，最後一首

詩，在走運了幾十年以後，又來到這醺醉

的凌晨，不像那些在酒鬼拘留所裡的夜晚等待

前面的黑人皮條客打完電話，才能輪我用掉那一通

　　電話的

額度（我曾度過許多那種夜晚）而我用了

好長一段時間才找到最有趣的

酒伴：我自己，就像這樣往左邊伸手去拿

最後一杯羔羊之

血。

妓院

我的妓院初體驗是在

提華納[37]。

那是在城市邊緣的一間

大房子。

十七歲的我跟兩個朋友去嚐鮮。

我們喝醉壯

膽

然後才走進

去。

妓院裡到處是

阿兵哥

大多是

海軍。

他們大排長

龍
吵鬧抱怨，不耐煩地
敲門。

蘭斯排的隊伍很
短（隊伍長短與妓女
的年紀大小相反：隊伍越短
就表示妓女年紀
越大）
很快就完事
出來後神氣活現
咧嘴說：「喂，你們這兩個傢伙
還在等什麼？」

另一個朋友叫傑克，他把那瓶
龍舌蘭酒遞給我，我喝了

一口，拿還給他後換他
喝一口。

蘭斯看著我們說：「我去
車上等你們，順便睡
一下。」

傑克跟我等到他
離開了
才開始往出口走
去。
傑克頭頂著大大的
墨西哥帽
有個老妓女就坐在
出口旁的
椅子上。

她伸出一條腿

擋住我們的

去路：「兩位小哥，

我會讓你們舒舒服服，而且

價格公道！」

不知為何傑克被嚇到

差點挫賽，他說：

「天啊！我想

吐！」

老妓女大叫：「**別吐在**

地上！」

傑克一聽

馬上拿下他的

墨西哥帽

放在

身前

吐了肯定有

一加侖。

然後他站在那裡

低頭看自己吐的

東西

那老妓女說：

「快

滾！」

傑克手拿墨西哥帽

衝出去

那老妓女的臉

變得非常和善

她對我説：

「價格公道！」於是我

跟她走進一個房間

房裡有個男人坐在椅子上

又胖又蒯

我問她：「那

誰啊？」

她説：「那是

我的

保鑣。」

我走過去對那

保鑣説：「嘿，

你好嗎？」

他説：「先生，

還可以……」

我說：
「你住在這
附近？」

他說：「把錢
給
她。」

「多少？」
「兩塊。」

我給那女人兩
塊
然後走回去找那男

人。

「某天我可能會
來墨西哥住，」我
說。

「滾出去，」
他說，
「馬上！」

走出門口後我
發現
傑克在那裡等我
沒拿著他的
墨西哥帽
但還是醉到

搖搖
晃晃。

「天啊!」我說,「她真
屬害,居然把我的
懶趴塞進
嘴巴!」

我們走回車子,
蘭斯已經睡死了,我們
叫醒他,他載我們
離開
那裡
最後我們
安然通過邊境
檢查站

一路

開回

洛杉磯。

我們取笑傑克，說他是

沒懶趴的

處男。

蘭斯只是調侃

兩句

但我大聲嘲笑

說傑克不夠

霸氣

我不停嘲笑

直到傑克在聖克萊門特[38]

附近

昏睡過去。

我坐在蘭斯身邊

我們輪流喝著

最後一瓶

龍舌蘭。

洛杉磯離我們越來

越近

傑克問我：「爽

不爽？」

我用臭屁的

語氣

回答他：「我遇過

更爽的。」

<hr>

[37] Tijuana，墨西哥北部的城市，離加州非常近。

[38] San Clemente，加州橘郡的城市。

快速啟動

有時

我們

應該

記得

人生

最為

振奮

還有

最為

幸運

的

時刻

以我

為例
那時
非常
年輕
的
我
住
在
一個
陌生
城市
睡在
公園
板凳
上
沒錢

沒朋友

不過

那些

日子

跟

往後

數十年

沒有

太大

關係。

瘋狂的事實

有個紅衣瘋子

在逛大街

自言自語

這時某位開跑車的屌咖

把車切進小巷裡

停在瘋子前面

瘋子衝著他大罵：「喂！狗東西！

狗屁！你的腦袋

長繭啊？」

屌咖踩了剎車

朝瘋子往後退

停下對他說：

「兄弟，

你說啥？」

「我說，王八蛋趕快
把車開走，
否則要你好看！」

屌咖車裡有
馬子，他正要
把門打開。

「豬腦袋，
你最好不要給我下車喔！」

屌咖把門關起來
開著跑車轟一聲
離開。

接著紅衣瘋子就
繼續逛
大街。

「沒事沒事哪裡都沒事，」
他說：「越來越沒事，
一直會比沒事更
沒事！」

這一天很棒
這件事發生在
韋茅斯[39]車道附近的
第七街上。

<hr>

[39] Weymouth，美國麻薩諸塞州的城市。

在地獄兜風

大家都疲憊、不爽、挫折,大家都
痛苦含恨,大家都被騙害怕,大家都
憤怒又沒創意
在高速公路上我經過這些人,他們把剩餘的
力氣全都表現在開車的方式上——
有些比較賭爛,有些比較盧泫——
有些不喜歡被超車,有些試著不讓人
超車
——有些不讓人換車道
——有些痛恨比較新、比較貴的車款
——有些開昂貴新車的人痛恨舊車

高速公路像馬戲團,各種低級可悲的情緒
連番演出,開車的人來來去去,大多來自他們

痛恨的地方，要前往他們一樣或更為痛恨
的地方。
高速公路像鏡子，照出我們變成什麼鬼樣子
許多不完整的存在，可悲癲狂的人類
在這裡撞車，甚至失去
性命。

每次上高速公路，與我同住洛杉磯的人類
都在我眼前裸露靈魂：醜陋，醜陋，醜陋
明明是活人卻把自己的心都給
掐死。

公告周知

如果你結婚了別人就說你
完了
如果你沒有女人別人就說你不是
完整的人

許多讀者希望我多寫一點
我怎樣跟那些瘋癲或無家可歸
的女人
滾床單——
也多寫一點在拘留所跟醫院的經歷
還有餓死或者
喝酒喝到卯起來
嘔吐。

我同意，很少有自滿的人成為

經典作家

但如果不斷重複的人

也沒辦法啊！

現在很多讀者以為

我開始自滿

為此感到

不爽——

別難過啊！

賭爛的事情有時會以

不同形式

降臨

但人生絕對少不了

賭爛。

搞笑哲學家

叔本華不願從眾，

大眾把他搞瘋

但他還有辦法說出

這種話：「至少，我不是他們。」

這讓他感受到些許

慰藉

他在他最搞笑的作品中[40]

大聲撻伐那些用力鞭馬

的傢伙

因為根本沒用，

到頭來只是打斷了

他正在進行的

哲學思考。

不過，鞭馬的傢伙還是整體的

一部分

無論他看起來有多無用與

愚蠢

而且叔本華的思想

無論有多偉大

也會隨著時間變成無用與

愚蠢。

但是叔本華的憤怒實在太

精彩

太有道理，讓我大聲

笑出來

然後

把他的書放下

旁邊那本書的作者尼采

跟他一樣：

人性的，

太人性的。

鞋

年輕時我們就像

一雙

女人的

高跟鞋

光是

擺在

衣櫥裡

就顯得

熱情如火；

到老了

就變成一雙

普通的鞋

沒人

來穿

無人聞問

但也

沒

關係。

喝咖啡

坐在吧檯前喝咖啡

左手邊

離我三、四個座位的

男人

問我：

「喂，你是不是

那天晚上

用雙腳勾住窗戶

把自己吊在

旅館

四樓外面

的那個

傢伙？」

「對，」我說，「那
就是我。」

「你為什麼要幹那種
蠢事？」他問我。

「嗯，那說來
話長。」

他一聽我這麼說就
把頭轉過去

剛剛一直
站在我身邊
的女服務生
問我：

「他是
在開玩笑
吧？」

「不是，」
我說。

我付了錢，站起來，走到
門邊，把門
打開。

我聽到那個男的說：
「那傢伙
瘋了。」

到了街上我

往北走
奇怪的是
心裡感到
非常自豪。

都死定了

嘿！我對著房間另一頭的她
大喊，
用妳的鞋喝點
紅酒吧！

為什麼？她也
對我大喊。

因為總該有人
嘗試一下這種
無聊的事！
我對她
喊回去。

嘿！公寓隔壁那傢伙
用手拍牆大喊：
明天我得要
一大早起床上班
天殺的，拜託你們
閉嘴！

他幾乎把牆壁拍破
喊叫聲
非常
有力。

我走過去
對她說：喂，
小聲點吧，他也是有
人權的。

去你媽的，王八蛋！
她對我
大吼。

那傢伙又開始
用力
拍牆。

她說得對，他也
沒錯。

我拿著紅酒走到
窗戶邊
看著窗外
夜色。

然後我狠狠地灌

一大口

心想，我們都

死

定了，這世界就是

這

樣。（剛喝的那口酒

也是這樣，跟其他時候

喝的酒沒有

不一樣。）

然後我走回去

找她，發現

她已經在

椅子上

睡著了。

我抱她

上床

關掉所有

燈光

然後坐在

窗邊的

椅子上

拿起瓶子

灌酒，心想：

嘿，我都已經

走到這個地步

已經很不

簡單。

這時她已經

沉沉睡去

而他
也許
一樣
可以。

最優秀的人類

沒什麼好
討論的
沒什麼好
留戀的
沒什麼好
忘記的

這既是
可悲
也不
可悲

看來
當眼前一道道牆壁

揮手

微笑

道別時

無論是誰

最合理的

反應

就是

手

拿著酒

好好

喝幾口

有人

只要

找到

訣竅

鼓起勇氣

就

有辦法

穿牆

而去

某些人認為

可能是

有神

幫助他們

穿

牆

其他人

二話不說也

接受了

為了這一切

今晚我要

多喝點。

與偉人為伍

多年前我曾遇過某個男人

他宣稱自己曾去過

聖伊莉莎白醫院探訪龐德[41]

後來我又遇到某個女人

宣稱她曾經探視過

龐德

甚至曾跟他

做愛——她明確

指出

《詩章》[42]裡那些

特定段落

龐德所提到的人

就是

她。

所以就是有這一男

一女

女的跟我說

龐德從來沒對她說

那個男的有去

探訪他

那男的則是聲稱

那個女的跟

大師

毫無關係

她只是個

女騙子。

因為我不是

研究龐德的學者

不知道該

相信誰

不過我的確知道

一件事：當偉人還

在世

我們可以知道許多

攀關係的人

幾乎都是

瞎掰

但是到了偉人死了

嘿，那就連張三李四

都能來套交情了。

我猜龐德

根本不認識那一男

一女

或者他認識
其中之一
或者他認識
兩者

可惜像他那樣待在瘋人院
只是浪費
時間。

---

[41] Ezra Pound（1882-1972），二戰期間支持義大利的美國詩人，戰後幾乎遭處以死刑，所幸在文化界的奔走下以精神疾病為由遭拘禁於聖伊莉莎白醫院的精神病房，時間長達十幾年。

[42] Cantos，龐德的詩作，最早發表於一九二五年，但直到一九七〇年才以完整的一百二十首形式出版。

跨大步

當年諾曼和我都是十九歲
在夜裡逛大街……覺得自己高大，年輕，又高大
又年輕

諾曼說：「媽的，我敢說沒有人跨出的
步伐能比我們長！」

那是一九三九年
我們剛剛見識過
史特拉汶斯基[43]

不久之
後，
諾曼上了戰場

一去不回。

我坐在這二樓地板上
已經是
四十六年以後
某個炎熱凌晨

醉醺醺

還是高大
但已不怎麼
年輕。

諾曼，你肯定
猜不到
我後來的

人生

際遇

還有

我們

所有人的

經歷。

我記得你老是掛在嘴邊的

那句話:「不成功,

便成仁。」

沒有成功也沒有

成仁

未來也不會。

43 Stravinsky(1882-1971),俄裔美籍作曲家、鋼琴家及指揮家,
   二十世紀現代音樂的傳奇人物。

最後的故事

天啊，他又醉了

說起那些陳年往事

一遍又一遍

這時他們哄他

多說一些──有些人是因為

沒事幹，有些人是

心中竊喜

想看這個

鬍子

跟老鼠

一樣白的

大作家

胡說八道

信口開河

聊起

戰爭

聊起

一場場戰爭

聊起那一尾英勇的

大魚

鬥牛

甚至他的幾任老婆。

每天晚上

都有人來

這酒吧

就是為了看他

演出同一齣

獨角戲

直到有一天

他把自己的
腦漿轟往
牆上
才結束。

想當作家的代價
總是如此
昂貴。

想要與別人一起
生活的代價
也總是如此
昂貴。

黑暗中的朋友們

想當年我在一個陌生城市

的小房間裡快餓死

把百葉窗都拉下來，聽著

古典樂

我年輕，我好年輕，餓到

痛如刀割

我只能這樣因為沒有其他方法能讓我

躲藏

這麼久——

我不覺得自己可憐但對於如此有限的機會

感到氣餒：

試著與這世界聯結。

莫札特、巴哈、貝多芬與布拉姆斯——

只有這些老作曲家們跟我説話
但他們都死了。

最後被飢餓打敗的我不得不
上街去應徵一些低薪
單調的
工作
讓一些辦公桌後
無眼無臉的怪人問問題
他們每天會奪走我好幾小時
把時間毀壞
對著時間撒尿。

現在我為編輯為讀者為書評
工作

但還是跟那些老友鬼混喝酒：

莫札特、巴哈、布拉姆斯和

貝先生

這些好夥伴

這些好人

有時候被困在斗室裡的我們只需要

那些持續發出聲響的

死者陪伴就能繼續

獨處。

死亡在我膝上哈哈大笑

我一週寫三個短篇小說

寄給《大西洋月刊》

但都退給了我。

我的錢用來買郵票、信封

稿紙和紅酒

我瘦到把雙頰

往內一縮

臉頰內側的肉就會

碰到我的舌尖（這時我

總會想起漢森"的小說

《飢餓》──小說主角吃了自己的

肉；就像我也曾嚐過自己手腕的一點肉

但實在太鹹了。）

總之，某晚在邁阿密海灘（我

不知道自己在那個城市

幹嘛）我已經六十小時沒吃東西

拿出所剩無幾的最後一點

錢

走到街角的雜貨店

買了一條吐司。

我打算每一片都細嚼慢嚥──

想像著吐司是一塊火雞肉

或味美多汁的

牛排

但回到房間後

打開包裝才發現那

一片片吐司已經變綠

發黴。

這下開不成派對了。

我把吐司丟到

地板上

坐在床上想著

長黴腐壞的

綠吐司。

付房租的錢已經用完

我聽著寄宿房屋裡

其他房客的

各種聲音

房裡地板上擺著

《大西洋月刊》退給我的

幾十篇故事和

幾十封退稿信。

這時入夜沒多久

我關了燈後

上床

沒多久我就

聽見幾隻老鼠出來

聽見牠們在我那幾十篇

不朽的故事上爬行

吃起了

長綠黴的吐司。

到了早上

醒來時我

發現

整條吐司

只剩下

綠色

黴菌

牠們把吐司吃光

吃到只剩下

長綠黴的

部分

看著散落四周的故事跟

退稿信

我聽見女房東

拿吸塵器吸地

的聲音

吸塵器沿著走廊

顛簸而來

慢慢接近我的

門口。

---

[44] Knut Hamsun（1859-1952），挪威作家，一九二〇年的諾貝爾文學獎得主，著有《飢餓》（*Hunger*）等小說。

喔耶

最近我的

嘴巴感到如此

低落

有時當我

彎腰

繫鞋帶

會發現嘴裡有

三根

舌頭。

O tempora! O mores! [45]

我又開始幫少女雜誌寫短篇小說

信箱裡收到那些雜誌

打開一看都是些女性把身體

拿出來獻寶的報導——

看起來更像婦科醫生

的期刊：

相貌平凡無趣的她們

像在看病那樣大膽

裸露

但卻讓人翻白眼翻到

天邊：

引發性趣的祕訣在於

保留遐想空間——

遐想沒了，身體就變成了一大塊

死肉。

百年前
光是形狀精巧的
腳踝就足以讓
男人抓狂，為什麼
不行？
其餘一切可以
任人
遐想
奇妙
無比！

現在女體就直接出現在你我面前
像個擺在盤子上的
麥當勞漢堡。

穿著長洋裝的女人

最美

那種美

勝過明亮清爽早晨的

日出

勝過空中的

V字隊形南歸野雁。

45 拉丁文，可以直譯為「這樣的時代！這樣的風俗！」

偉人之死

在我真正敬佩的作家裡面，只有他是
我見過本人的，只是那時他已經不久
人世。
（幹我們這一行的總是不太稱讚別人
即便是那些傑出人士，但我對於
約翰·方提總是讚譽有加。）
我曾數度去醫院探訪那位
作家（我從來沒有遇過
別人），每次一進病房就會心想
他到底是在睡覺還是
已經……？

「約翰？」

已經截肢的他躺在床上，

眼睛也看不見：

糖尿病

末期。

「約翰，

我是漢克……」

他還能回我話，我們就這樣聊了

一會兒（大多都由他發言，我只是

聆聽；畢竟他可是我們的導師，我們的

寫作之神）：

《探問塵世》

《班迪尼，等到春天來吧》

《廉價紅酒》[46]

此外還有很多作品。
最後他淪落為好萊塢編劇
寫了很多電影劇本
但這也毀了
他。

「最糟的是，」他對我說，
「悽苦，世人的下場大多如此
悽苦。」

儘管他下場如此悽苦
但卻不以
為忤⋯⋯

在葬禮上我
遇見他的幾個
編劇好友。

「我們來寫一點關於
約翰的東西吧，」其中一位
提出建議。

「我覺得我做不到，」我對
他們説。

而他們，當然也一直沒有
寫。

---

[46] 即 *Ask the Dust*、*Wait Until Spring, Bandini* 與 *Dago Red*，都是約翰·方
提（John Fante，1909-1983）的小説作品。

永恆之酒

這天下午三、四點
在床上重讀
方提的
《青春之酒》[47]
我的大貓
比克
在我身邊
睡覺。

有些人寫的作品
就像
一座大橋
能夠帶著你
跨越人世間

許多
糟心的爛事。

方提刻劃出純粹、神奇
的情緒
在簡單乾淨的
字裡行間
久久不去。

如今他去世了
而且以最糟糕的方式
慢慢死去
慘狀是我前所未見
前所
未聞……

神並未偏愛

任何人。

我把他的書擺在

身邊。

書在一邊，

貓在

另一邊……

約翰，即便是在你

變成那樣後才認識你

可說是我人生最重要的

大事。但要我說

自己願意為你而死那種話

我是

辦不到的。

但今天下午能與你重逢

很

高

興。

---

47 *The Wine of Youth*,方提的短篇小説集,原本名為《廉價紅酒》(*Dago Red*)。

真話

洛卡[48]的雋語之一
是：
「苦惱，無邊無盡的
苦惱⋯⋯」

每當殺了
一隻小強
或拿起
剃刀來刮鬍子
都有這想法

或是每天早上
起來面對
太陽

的時候。

格倫・米勒[49]

很久很久以前

校園對面

有一間冰淇淋店

點唱機樂音不停

年輕女孩與美式足球員

和聰明大學男孩跳舞

完全不會落拍

當年格倫・米勒是個大人物

大家都會約出來

跳舞

我跟兩位教友坐在一起

我們應該成為亡命之徒

探索真理

但我就是喜歡聽音樂

喜歡懶散地等待

在此同時世界匆匆開戰

希特勒慷慨激昂地演講

女孩們優雅地

轉圈起舞

大方露腿

我們任由最後的暖陽

灑落身上

把一切隔絕在外

這時宇宙卻張開血盆大口

想把我們

全都吞噬。

[49] Glenn Miller（1904-1944），知名爵士樂手兼爵士大樂隊領班。

愛蜜莉・布考斯基

我阿嬤總是會參加日出時舉辦的
復活節主日儀式
還有玫瑰花車
遊行。

她還喜歡去
海灘，坐在板凳上
看海

她覺得看電影
是罪孽

她的食量
超大

她總是為我
祈禱。

「可憐的孩子啊：魔鬼在你
心裡。」

她還說她丈夫
心裡也有
魔鬼。

雖說沒有離婚
但他們已經
分居
而且曾有
十五年
沒有見面。

她説醫院都是
狗屁

她不曾去醫院
或去
看醫生

八十七歲那年
某晚她在餵
金絲雀時
離開人世。

她喜歡
一邊把
種子丟進
鳥籠裡

一邊小小聲學
鳥叫。

她不是
很有趣
但這世上有趣的人
又有幾個呢？

一些建議

讓我不爽的除了某些作家羨慕我，
厭惡我
還有一件事——有人會打電話或寫信說：
「您是所有在世作家中最偉大的
一位。」

這種話讓我高興不起來，因為
不知為何我總認為無論是誰
會成為
在世作家中最偉大的一位
肯定有哪裡不對。

我甚至不希望在死後還有人說
我是世上最偉大的作家。

死了就死了，幹嘛
囉囉嗦嗦。

還有，「作家」這兩個字也讓人很
作噁。

如果有人對我說：
您是這世界上最厲害的
撞球手
或是
您是這世界上猛的
做愛高手
或是
您是這世界上最高竿的
賽馬賭徒
那我還比較高興咧。

如果是

那樣

我才真的會

爽

翻天。

入侵

我不知道

衣櫃裡

有什麼東西

不過有些夜晚

我的睡眠會被

奇怪的

隆隆聲響打斷

但

我總以為

是因為

輕度

地震。

衣櫃在

走廊
另一頭
而且我
很少
使用。

最奇怪
的是
我的
貓兒們
（總計
四隻）
似乎
開始
四處
亂大便

但

牠們

原本會在

固定地方便溺的。

接著

四隻貓

一隻接著

一隻

消失

但還是

不斷有

剛大的貓糞

出現。

某晚

我正在

研究

股票

行情表

抬頭

一看

發現

有隻

獅子

站在

臥室

門口。

當時我在

床上

用兩顆

枕頭當

靠背

坐在那裡

喝

熱

巧克力。

獅子居然會

出現在

臥室——

這事

任誰都

不會相信

至少

住在

都市
的人
都不會。

所以
我只是一直
盯著
獅子
不太相信
牠是
真的。

接著獅子
轉身
從樓梯
往下走。

我

跟在後面

始終維持

五、六公尺

的距離

一手

拿著

我的

棒球棍

另一手

拿著

我的

短刀。

我看著

獅子

走下

樓梯

然後

穿越

客廳

牠在

面對

院子和

街道的

高大

玻璃拉門

前面

停下腳步。

門是

關著的。

獅子發出
不耐煩的
一聲
低吼

撞破
玻璃後
跳出去
走進
深夜。

黑暗中
我坐在
沙發上

仍然

無法

相信

自己

看到

獅子。

接著

我聽見

一聲充滿

恐懼的

慘叫聲

在那

片刻間

我

眼前

一片漆黑

也沒辦法

呼吸

或

思考。

起身後

我走回

臥室裡

把自己

關在裡面

結果卻看見

三隻

小獅崽

蹣跚地

走

下樓——
三隻可愛的
貓科
小惡魔。

母獅
從
夜裡
走回來
穿越
碎裂的
玻璃門

半拖
半頂著
把一個

滿身鮮血的

男人弄進來

沿途

留下

一道紅色

血痕

獅崽們

往前

衝

牠們

在灑進

室內

的月光下

大吃

特吃

起來。

時機歹歹

把車停在碼頭邊
下車後有兩個男人朝我
走來。
其中一個是老痞子，另一個
高個兒微笑著。
他們都戴著
鴨舌帽。
他們持續朝我走過來。
我做好了準備。

「有事嗎？」

他們都停了下來。
老痞子說：

「沒事。

你不記得我們嗎？」

「我不確定欸⋯⋯」

「我們幫你家刷過油漆。」

「喔，對欸⋯⋯來吧，我請你們喝杯

啤酒⋯⋯」

我們朝一間咖啡廳走。

「在僱用我們的人裡面

你真是最耐斯的一個⋯⋯」

「是喔？」

「是啊，你一直請我們喝啤酒……」

我們坐在可以遠眺
海港的某張破舊桌子邊
喝起了
啤酒。

「你還跟那位
小姐一起住嗎？」老痞子
問我。

「是啊，你們倆還好嗎？」

「現在沒有活可幹啊……」

我拿了一張十元鈔票給那老

痞子。

「嘿，剛好當時我忘記給你們小費……」

「謝啦。」

我們坐著喝啤酒。
罐頭工廠都關了。
陶德造船廠倒閉了
工人
一個接一個
被解僱。
聖派卓[50]回到了蕭條的
三〇年代。

我喝完啤酒。

「嘿，兄弟，我得閃了。」

「去哪？」

「去買一些魚……」

我往魚市走過去
走到一半
轉身用右手
對他們
比讚。

他們倆都拿起帽子對我
揮揮手。
我笑著轉身
走開。

有時候這世界真讓人

不知

所措。

[50] San Pedro，洛杉磯市的地區，在洛杉磯港周邊。

五十分之一

當然，我留了很多血
也許那會是很不一樣的
死法
但剩餘的力氣足以讓我感到
納悶：
為什麼我不害怕？

這種死法很簡單：院方把我
丟進專門讓
垂死
窮人等死的
特殊病房。
—— 房門厚一點
—— 窗戶小一點

常有屍體被

推進

推出

還有

神父來進行

臨終禱告

儀式。

老是有神父來來去去

但很少看見

醫生。

能看到護士總是

很棒——

對於信教的人

來講

她們幾乎是
天使
下凡。
但我只覺得神父有夠煩。

我低聲説：「無意冒犯您，神父，
但我希望就這樣死去，
不用禱告。」

「但你在入院表格上聲明自己是
天主教徒。」

「那只是寫
好看的啦⋯⋯」

「孩子，一日是天主教徒，終身都是

天主教徒啊！」

我低聲說：「神父，
沒那回事⋯⋯」

那裡最美妙的地方在於
常有些墨西哥女孩來
幫忙換床單，她們咯咯嬌笑，
她們跟垂死病人開玩笑，
她們
如花似玉。

那裡最糟糕的地方在於
復活節清晨
五點半
來了一支

救世軍樂隊

老舊的宗教

氛圍立即浮現：號角鼓樂等

一應俱全

還有管樂齊鳴

敲敲打打，聲響嘈雜

房裡擠了

大概四十個病人

樂隊一來

才到六點就有

十個或十五個

掛掉。

屍體一具具被

推進停屍間電梯

送往醫院西側，那電梯

異常繁忙。

我在等死病房待了
三天。
看見幾乎有五十人上了
西天。

三天後院方開始不耐煩
把我
推出
那個地方。

推我出去的是個
和善的
黑人同性戀。

「你想知道能夠活著
離開那病房的機率嗎？」
他問我。

「想啊。」

「五十分之一。」

「見鬼了。
能跟你
擋根菸嗎？」

「我沒有，但可以幫你弄到
幾根。」

他推著我

只見陽光灑進加裝鐵絲的

窗內

我開始想著

出院後

該喝

什麼酒。

具體

朗誦詩歌的聚會

是他舉辦的

他是具代表性的具體詩詩人

之一

參加完朗誦會後我

去了一趟他的

住處

他住在

高山上

我們一邊喝酒

一邊看著巨大的窗戶外

有大鳥

飛來飛去。

應該説是滑翔

他説那些都是老鷹
（我看他八成是在唬
我）

他老婆彈奏
鋼琴

一點
布拉姆斯的作品

他的話不太
多

他是個具體的

人

他老婆很

漂亮

還有老鷹飛翔

的姿勢

也是很

漂亮

接著薄暮降臨

接著夜幕落下

再也看不到那些
老鷹

朗讀會是在下午
舉辦

我們喝酒喝到凌晨
一點

然後我上車後
開車沿著蜿蜒小路
下山

ㄒ

ㄧ

ㄚˋ

ㄕ
　　ㄢ

我已經醉到不怕
危險

回家後我又喝了
兩瓶啤酒
才上床
睡覺。

接著電話
鈴響

是我女友打的
電話

她已經打給我
一整夜

憤怒的她

罵我怎能跟別人
上床

我跟她說我在山上看到許多
漂亮老鷹

牠們在空中滑翔

還說我跟一個具體的人
在一起

狗屁

她說完就

掛我

電話

我躺在床上

看著天花板

心想那些老鷹都

吃什麼過活

然後

電話又響了

她問我

那個具體的男人有個

具體的老婆，你也操了

具體的她嗎？

我説

沒有

我操了

老鷹

她又掛上

電話

具體詩

我想

那是什麼鬼

啊？

然後我去睡覺

睡了

又睡。

巴黎好歡樂！

巴黎的咖啡廳跟你想像的

沒兩樣：

穿著人模人樣的傢伙、假掰鬼

還有假掰鬼服務生幫忙

點單

好像把你當成

瘋瘋病患。

但等到葡萄酒下肚

你會感覺好多了

開始覺得自己是個

假掰鬼

接著你瞄一下隔桌的

傢伙

你們四目相交

然後你動動鼻子
好像剛剛聞到
狗屎
接著就把頭
轉過去。

食物端上桌後
你發現
口味都太清淡。
法國人捨不得多用
調味料。

吃吃喝喝
的時候
你發現大家都
嚇一跳：

太糟了

太糟了

這城市如此可愛

怎麼到處是

膽小鬼。

然後

多喝一些葡萄酒後

大家又有更多體悟：

巴黎就是世界，世界

就是

巴黎。

光憑這點

就可以敬巴黎

一大杯。

我想那東西的味道比平常更糟

那些年我常跟珍喝酒

每天晚上喝到

凌晨

兩

三點。

到了早上

五點半

我得去

上

班。

某天早上

我坐著

分信
身邊是某個
信仰虔誠
又健康
的傢伙

他說：
「嘿，我聞到
一股怪味，你
沒有嗎？」

我說
沒有。

「說真的，」他說，
「那聞起來

有點像

汽油。」

「好啊，」我對他說，

「那就別點

火柴，

以免我

爆炸。」

屠刀

我上夜班的郵局附近沒

停車位

所以我找到某個絕佳停車地點

（看來沒有人想在那裡停車）

那是某間屠宰場後面一條沒有

鋪柏油的路

而上班前我常

坐在車裡抽完菸

就要去上班

但每天就在傍晚正要

入夜之際

我總是看到同樣場景

一再上演：

有個人一邊學豬叫

一邊揮動一大片帆布

把豬群趕出

圍欄

牠們一隻隻

在跑道上

狂奔

奔向等待牠們的

屠刀，

有許多晚

我都在看了

這樣的場景後

抽完菸便

發動引擎

倒車後開走

沒去

工作。

我的曠工次數實在

太多

最後我不得不

花點錢

把車停在

某間中國酒吧後面

在那只看得見百葉窗緊閉的

一扇扇小窗

還有廣告

某種東方奠祭用酒

的霓虹燈。

這樣的場景比較不真實，

但卻是

我需要的。

膿瘡

當時我在納貝斯克[51]的生產線上

某天午餐時間

把工廠的某個惡霸

痛扁一頓

女孩們都喜歡我

雖說我是個來自外地

幾乎不跟別人講話的

神祕外地人，卻變成

吃得開的酷哥，

幾乎所有妹子都對我

有興趣

那些男同事

壓根不知道是怎麼回事。

某天早上我在房間裡

醒來

發現右頰

有個大膿瘡

而且

幾乎跟高爾夫球

一樣大。

我真該打電話請病假

但

那時我很沒 sense

總之還是

去上班了。

膿瘡害了我：女工們的目光

開始迴避我，男性工人也

不再表現出害怕我

我覺得自己被命運

擊敗。

膿瘡一直

沒有消

兩天

三天

四天。

第五天領班把我的文件

遞給我說：「我們在裁員，你

走吧。」

這件事發生在午餐時間前

六十分鐘。

我走到我的置物櫃，打開後

脫掉圍裙與帽子

跟鑰匙

一起

丟進櫃裡

然後就走

出去。

走到街道的那一小段路程裡

我心情爛到爆

到街上後我轉身

看著工廠

感覺好像自己

幹了一件

下流的

事情

曝光了。

馬報上沒寫的

我押的灰色公馬

賠率是一賠四

早早就甩開其他賽馬

前面四分之三賽程

都領先一個半

馬身

但是到了最後衝刺時

牠的左前腳

折斷

牠跟蹌了一下

把騎師甩出去

飛越脖子與

馬頭。

所幸

其餘賽馬都避開了

牠跟那位

騎師——他起身後

一跛一跛走開

沒被灰馬

踢到。

比賽必定有風險：

《每日賽馬新聞報》裡面

可沒有

這麼寫。

在會員俱樂部

我看見哈利

站在遠處的

角落。

他曾當過某騎師的

經紀人

騎師退休後他當起了

訓練師

但沒有多少人

把馬交給他

訓練。

帶著墨鏡的他

看起來

狀況

不太好。

「那灰馬是你訓練的？」

我問他。

「嗯，」他說，
「慘啊……」

「你該去喝兩杯，
這點小意思給你……」

我把
三張摺起來的
二十元鈔票放進
他的外套口袋。

「謝啦，」他
說。

「好好照顧牠。」

哈利過去做了不少

好事

而且無論如何

在這最嗜血的

行業裡

他都是最拼命

爭取勝算的

鬥士

之一：我們都是試著

想要取得逆轉勝

但每天卻

都有人倒下

這樣才能讓其他人

繼續往前

走。（賽馬場跟

其他地方沒什麼差別

只是在這裡
我們通常會
更快
吃驚 。）

我走到別處喝
咖啡。
我喜歡下一場
馬賽：
賽程一千兩百公尺，
參賽的馬都是最多只贏過
一場比賽。

只要一次好運
就能獲得諸神
眷顧

而在榮耀降臨的

那一瞬間

所有苦痛都能

痊癒……

我沒有厭女

我越來越常
接到年輕女性
的來信：

「我芳齡十九
體格健美
每次看到你的作品，我都
濕了
我可以幫你當管家
祕書而且
無論如何都
不會礙事，
也可以寄一張
玉照給你

但那也

太老套了……」

「我芳齡二十一

又高又美

讀過你的幾本書

我在律師事務所

工作，如果你來

城裡

記得 call 我

喔。」

「你在吟遊詩人[12]的

朗讀會過後

我認識了你

還跟你過了

一夜

你記得嗎？

你曾經打電話給我

還説接電話的男人

聲音

聽起來

很賤

我跟他結婚後

又離婚了

我有個

兩歲的

小女孩

我已經

離開音樂

產業但

很想念過去

有機會想

跟你

敍舊……」

「你每一本書

我都讀過

我二十三歲

不是

波霸

但有一雙

美腿

如果你能

回信

哪怕只是

一小段話

我都會

非常非常

高興⋯⋯」

女孩們

請把妳們的

身體

和人生

交給

值得託付

的

年輕人

此外

我絕對

不可能

走入妳們

打算為我帶來的

愛情地獄

因為那讓我無法忍受

讓我覺得

無聊

又沒有意義

最後

我祝妳們

上床

下床

都

運氣很好

只要不是

在我床上

就好

謝謝

妳們。

---

[52] Troubadour，一家位於西好萊塢的夜總會。

城堡裡的女士

她住在這間

看來像城堡的

大房子裡

一進去只見

天花板

好高好高

讓我這窮小子

大開

眼

界。

她

已經有點

年紀

但頭髮

又多

又長

差一點

就到了

腳踝

那時我心裡想著：

頂著

一頭長髮

做那件事

不是

很奇怪

嗎？

我數度

開著我那輛

老爺車

北上找她

她招待我

喝上好

烈酒

我們

只能坐著聊天

我連她的一根指頭

都碰不到

而沒辦法

把她弄上床

讓我的

自尊

有點

小小受傷

倒不是我有多想

上她
而是因為
當時我總是
很有
女人緣。

我感到困惑
覺得自己
必須把她
弄到手。

她喜歡
東拉
西扯
聊藝術
聊製作電影

聽到那些話

只讓我想要

一杯又一杯

喝

下去。

最後

我

放

棄

了

大概

過了

一年

某天晚上

電話

鈴響：

結果是

那位女士打來。

「我想去

見你，」她説。

「我正在寫作，我

很熱⋯⋯現在不能見

任何人⋯⋯」

「我只想順道去

找你，不會打擾你，

我會坐在沙發上，

睡在沙發上，我

不會打擾你⋯⋯」

「不行！他媽的！我
不能見任何人！」

我掛上電話。

真正在我沙發上
的那位女士說：
「喔，這下你
軟掉了啦！」

「對呀。」

「過來……」

她扶起我的
懶叫

伸出

舌頭

但

停了下來。

「你在寫啥？」

「沒啥⋯⋯我遇上

瓶頸了⋯⋯」

「的確⋯⋯你的槍管都

卡住啦⋯⋯得要好好

清理一番⋯⋯」

說完她就把我那裡

含進嘴裡

接著電話鈴聲

再度響起

我趕快衝

到電話旁

拿起

話筒時

歸懶趴火。

結果又是那位城堡裡的

女士：

「我啊，真的不會打擾你，

你甚至感覺不到我的

存在……」

「他媽的屎！現在有人在幫我
吹喇叭啦！」

我掛掉電話後
轉身走回去。

另一位女士
朝門口
走去。

「妳幹嘛？」我
問她。

「我受不了
那三個字！」

「哪三個字？」

「吹喇叭！」她大聲
吼我。

把門甩上後她就
消失了……

我走到打字機
前面
裝好一張新的
稿紙。
那時候是凌晨
一點
我坐在那裡喝
蘇格蘭威士忌

然後用啤酒來醒酒[53]
抽了幾根廉價
雪茄。

到了三點十五
我還坐在
那裡
把沒抽完的雪茄
點燃，一邊抽雪茄
一邊喝艾爾啤酒。

剛剛裝好的那張紙
還是一片
空白。

我把燈都

關掉

緩緩走向

臥室

沒脫衣服

就

上了

床

我聽見馬桶的水聲

嘩嘩嘩

想要去將把手

弄好

讓聲音停下

卻爬不起來

我他媽的槍管卡住了……剛剛她是

這麼說的。

[53] chaser，指喝了烈酒後用來醒酒的無酒精飲料，例如汽水、果汁，或是啤酒。

成為像狼蛛的狠角色

他們才不會讓你到歐洲
的某個咖啡館
坐在前面的桌子旁
享受午後陽光。
如果你那麼享受,就會有人
開車經過
拿著衝鋒槍把你打得
肚破腸流。

無論你在哪裡
他們都不會讓你
好過
很久。
這宇宙才不會讓你閒閒無事

到處呆坐著

到處打炮

到處耍廢。

你必須遵照宇宙的

遊戲規則。

很多人過得不快樂、不舒暢

不爽

需要好好

發洩——他們需要

你或某人

任何人都行

最好是悲慘的人

如果是死人

就更好，可以讓他們丟進

某個洞裡。

只要宇宙裡

還有人類存在

誰都不可能

在這地球上

有清淨的日子

可以過（就算

逃到別的

地方

也一樣）。

如果幸運的話

最多你也

只能好好把握

幾分鐘的好時光

也許最多

一個小時。

現在

這個宇宙也正在

設計你

對，我就是說你

不是別人，

就是你。

他們的夜

《夜未央》我總是

讀不下去

但是有人把《夜未央》

改編拍攝成

影集

在電視上

播了好幾

夜

我跳著看

每次只能忍受

十分鐘

看著那些有錢人

一邊惹上各種麻煩

一邊在尼斯[14]海灘的

椅子上

做日光浴

或在豪宅裡

走來走去

手裡拿著酒

針對哲學問題

大發

議論

或是

把晚上的

宴會

舞會

搞

砸

看來他們真的

不知道

該拿自己

怎麼辦：

游泳？

網球？

沿著海岸

開車兜風？

往北或

往南？

尋覓

新床？

把舊床

丟掉？

或是

亂搞

藝術，亂搞

藝術家？

他們什麼都

不缺

當然不用為了爭取什麼而

吃苦。

有錢人跟我們不一樣[55]

沒錯

環尾狐猴

和沙蚤

也跟我們

不一樣

啊。

54 Nissa，法國東南部的城市，以其海灘聞名，為最受歡迎的度假
   勝地之一。
55 這句話是費茲傑羅的名言。原文是：Let me tell you about the very
   rich. They are different from you and me.（關於那些有錢人，我就這麼
   說吧。他們跟你我都不一樣。）出自費茲傑羅的短篇小説〈富
   少〉（*The Rich Boy*）。

蛤？

在
德國法國義大利
我只要上街就可能
有大笑的小伙子
咯咯笑的
妹子
和
不屑我的
老太太
跟在身後……

但在
美國
我只是個

落魄

阿伯

跟任何阿伯一樣

過著平凡

日子。

喔，這樣也是有不少

好處：

我可以拿著褲子去

洗衣店或

在超市裡

排隊結帳

不會引起

任何

騷動：

好心的神

讓我享受沒沒無名

的好處。

不過

有時候

我的確會想起自己在海外

有多出名

而我唯一能

想得到的

理由

就是

我他媽的譯者們

一定都非常

非常厲害。

我很想

把

懶趴上的
毛
甚或
我的

懶趴

都送給他們。

這不是很有趣嗎?(之一)

我們去參加一場生日派對
在某家高檔
餐廳裡
四處遊走著

只見
許多特別的人
在那裡
炫耀自己
多
有名。

我只想衝
出去

這時我們

附近有個

男人

說了一句

非常適合這個場合

的話。

「嘿，」我對

老婆說，「這

傢伙還算

有料。入座後

我們

設法

坐在他

身旁吧。」

我們做到了
接著服務生
開始倒酒
那傢伙
也開始高談闊論。

他說起了一個
落落長的故事
只不過就是為了
鋪陳一個
好笑的
哏。

最大的問題就在於
我可以
猜到

那個
笑哏
會是
什麼。

但
他一直講
一直
講

然後就
把笑哏
丟出來。

「媽的，」我
跟他說，「你的哏

爛到

爆，我對你

真的

很

失望……」

結果

他只是又

繼續講

另一個故事。

我走到另一桌

站在某個

電影明星

後面

那時候他還是個

小咖。

「喂，

我認識

你的時候

你還只是個

德國來的

好小子

現在卻

變成一個

臭屁的

爛人。我對你

真的

很

失望。」

那位電影

明星（他

長得

虎背

熊腰）對我咆哮

肩膀

搖搖

晃晃。

然後我走到

慶生派對女主人

的那一桌

坐下

四周都是

一些

媒體業的

傢伙。

「看看你們

這些傢伙，」我說，「想到

你們可能

做的那些

爛事

就讓我

想要

吐！」

「喔，」女主人

對客人們

說：「他講話

就是這副

死

德行！」

她笑一笑，

說我是

可憐的傢伙。

所以

我說：「生日

快樂，

但是

我鄭重警告妳

以後別再

邀請我來參加

這種爛活動。」

然後

我走回自己

那一桌

對服務生示意

說我

要再

喝酒。

那傢伙

正在說

另一個

故事。

但

他的故事

絕對

沒有

我這個

那樣
精彩。

這不是很有趣嗎？（之二）

年紀還小時

我們會

趴在

草坪上

我們總是聊著

希望

自己

怎樣

死去

而且有

一件事

是我們

都
同意的：

我們都想要
在打炮時
死去

（儘管
當時我們
都還沒有
打過
炮）

現在
童年
已經離我們

好遠

好遠

而我們更常

想到的是

要怎樣

才能

不死

而且

雖然

我們已經有

心理準備

我們大多

只是

想要

自己一人

靜靜

死去

蓋著

被子

只

因為

我們

大多

都已因為打炮

而虛度

歲月。

美女主編

她是個美女，我曾在當時的一本
文學雜誌裡見過她的
幾張照片。

當時我還年輕卻總是孤孤單單，感覺
我需要時間讓自己有成就，而我唯一
能用來換時間的
只有貧窮。

與其說我是靠技巧把作品寫出來
不如說是靠那些幾乎逼瘋我的經驗
而我走了幾次運，但運氣不是什麼
令人愉悅的東西。

我想當時自己還挺有韌性，但卻任由
健康與勇氣慢慢流逝。

在一切都分崩離析時，夜幕落下——
隨著恐懼、疑慮與羞辱來臨……

我選了幾個人寫信，把最後幾張郵票
用完，跟他們說我犯了錯
說我人在某個陌生的州，在某個
陌生的城市，困在一間陰暗小屋裡
又餓
又凍。

把信寄出去後我發瘋似地等了幾天
幾夜，希望，渴望至少有人能寄來
一點錢。

結果只有兩封回信，在同一天寄到
打開信封後我把信紙拿起來晃一晃
希望有錢掉下來，但一毛錢也
沒有。

其中一封來自我老爸，他用六張信紙
說我活該，我本來應該照他吩咐
當個工程師，那就不會讓人看到
我寫的那種鬼東西，吧啦吧啦，諸如
此類的廢話。

另外一封來自某位美女主編，整齊地打在
昂貴的信紙上，她說她的文學雜誌
已經停刊，還說她已經投入主的懷抱
住在義大利的山丘城堡上濟貧，最後
留下她那眾人皆知的名字，還寫了「願主保佑你」，

然後就沒了。

那種感受沒人懂啊：在那凍死人的黑暗小屋裡

與其在亞特蘭大餓死我真想到義大利

去當貧農，去當她床上那條狗，甚至

狗身上的跳蚤

也好：要是我能感受到一絲溫暖

該有多好！

美女主編的雜誌刊登過亨利・米勒、沙特和塞利納

　　　等作家

的作品。

在這千千萬萬貧農因為挨餓而在街上滿地爬

的世界裡，我真是不該寫信跟人

要錢

即便如此,多年後那位美女主編

去世時

我還是覺得她

好美。

關於美國筆會[56]大會

讓作家離開打字機前

那麼他們身上剩下的就

只有

一開始

促使他們

坐在打字機前寫作的

那種

病態。

---

[56] PEN，這三個字剛好是詩人（poet）、散文家（essayist）與小說家（novelist）的縮寫。

不跟他們廢話

條子

要我把車靠邊

停好

我

把我的駕照

交給他

他

走回機車旁

用無線電回報

我的汽車

廠牌

與型號

並且

清查我的

車牌。

他把罰單
開好
走
過來
拿
給我
簽
名。

簽完後
他把
駕照
還給
我。

「你

為什麼

一句話

也不

說？」

他問我。

我只是

聳聳

肩。

「好吧，這位先生，」

他

說，「祝你

今天

一切

順利，

小心

開車。」

我

注意到

他的

額頭

有些汗

而且

拿

罰單

給我

的手

似乎

在

顫抖

但這

也

有可能

是我

想太多？

總之

我

看著他

往

他的

機車

走過去

接著

我才

開車離去⋯⋯

只要是

遇上

盡責的

員警

或

發飆的

女人，

我

總是

不

跟他們

廢話。

理由是，

如果

我真的

開口

那

最後一定

會以

某人死去

收場：

不是你死就是

我活

所以

我

寧願

讓

他們

贏

因為

他們

遠

比我

更需要

那些

小小的

勝利。

我跟我的麻吉

當年在一起

的情景

還是歷歷在目

我們坐在河畔

喝酒喝到

一臉

鳥樣

玩起作詩的

遊戲

知道這樣

很廢

但

等待時

總要有事情

可以做

那些灰頭土臉的
帝王
驚恐地
看著我們
喝酒

李白把詩作
揉碎
點一把火
燒掉
任由灰燼沿著河面
往下漂。

「你幹了

什麼事？」我
問他。
李白把酒瓶
拿給我，他說：
「無論如何，
他們都
要完蛋了……」

我為了他的
智慧灌了一大口
把酒瓶
還給他

我把我的
幾首詩
塞在褲襠

坐在

那裡

我也幫他

燒了幾首

他的詩

他的詩往

下游

漂去

那些美好的

文字

照亮

夜空。

愛之歌

胡立歐帶著吉他來唱他最新的歌
給我聽。
胡立歐很有名，除了唱歌也
有搭配詩歌的畫冊
出版。
他的作品都
很棒。

胡立歐把他最近談的戀愛用歌
唱出來。
剛開始
好美
接著卻像落入
地獄。

他的歌詞沒有那麼直接
但字裡行間就是
這個意思。

胡立歐把歌
唱完。

接著他說：「我還是很喜歡
她，我實在忘不了
她。」

「我該怎麼辦？」胡立歐
問道。

「喝酒吧，」亨利說，
幫他倒酒。

胡立歐呆望他的

酒杯：

「真不知道她現在在

幹嘛？」

「可能

正在

口交吧，」亨利

說。

胡立歐把吉他放回

吉他盒

往門邊

走。

亨利陪胡立歐走到

停在車道上的
車子。

這天晚上的月色
好美。

接著胡立歐就發動引擎
倒車開出車道
亨利對他揮手
告別。

然後他走回屋裡
坐
下。

他把胡立歐根本沒碰的酒

喝掉

然後打電話

給那

女人。

「他剛剛來過，」亨利

說，「他的心情很

糟⋯⋯」

「抱歉喔，」

她說，「我現在

很忙。」

她把電話

掛了。

於是亨利又幫自己倒了

一杯酒

這時室外的蟋蟀們

唱著牠們自己的

歌。

拳拳到肉

在那個意志消沉的地區我有兩個麻吉
叫做尤金與法蘭克
我跟他們打架時總是拳拳
到肉
每週一、兩次。
每次打架總是持續三、四小時
最後
我們鼻青臉腫，眼圈黑了，手腕
扭到了，手指瘀血了，身上青一塊
紫一塊。

爸媽們都沒說什麼，任由打鬥
繼續
默默看著我們，最後

回去看報

聽收音機或敷衍了事地做愛

會讓他們生氣的事只有我們扯破或毀了

衣服，如此而已

但尤金、法蘭克和我真是

卯起來不停幹架

每次都打一整晚，壓垮

矮樹叢，沿著柏油路、人行道

打架，打進陌生鄰居的

前院、後院，打到狗吠，打到

人叫。

我們像是

小瘋子，不到媽媽高喊「吃晚餐了」

絕不罷休，因為誰能不吃

晚餐啊？

儘管如此，尤金加入海軍後還是官拜
中校，法蘭克最後成為加州最高法院
大法官，而我則是玩弄
詩歌。

獻給某位脫衣舞孃的情詩

我十年前我在「伯班克」與「胡搞」

看著女孩們

跳舞脫衣

那兩家俱樂部不是很高級

誇張的表演方式像作戲

店內燈光藍藍綠綠

紅紫繽紛

放的音樂嘈雜而充滿

生氣，

到今晚我坐在這裡

抽菸並

聆聽古典

音樂時

仍然記得某些舞孃的

名字：妲琳、蜜糖、珍妮

與蘿莎莉。

蘿莎莉最棒

她的技術高超

想當年她簡直像魔術師

把我們這些

寂寞的顧客們撩到

在座位上騷動

吹口哨叫好。

現在蘿莎莉要不是

已經非常老

就是已經入土

為安，但那時我還只是

滿臉青春痘的

少年吔，

為了去看

她表演

還得

謊報年齡。

一九三五年的蘿莎莉

如此美好

好到讓我現在還

記得

當年的昏黃

燈管

還有漫長的

夜晚。

我的麻吉

當年在紐奧良我只是個二十一歲的
廢柴：住在充滿尿騷味與死亡況味的陰暗
小房間
不過我就是只想窩在房裡，有兩個
活潑女孩住在走廊盡頭的房間
她們老是敲著我的房門大喊：「起床！
外面有許多好東西在等著你！」

「滾開，」我總是這麼說，但卻讓她們
更起勁，她們會寫短信從房門下方隙縫塞進來
也會用膠帶將花黏在
喇叭鎖門把上。

當年我猛灌廉價葡萄酒跟綠啤酒[57]

喝到頭殼壞掉……

偶然間我認識了隔壁房的
老傢伙，不知為何我總覺得自己跟他一樣
老；他的腳掌與腳踝都腫到讓他無法
綁鞋帶。

每天大概凌晨一點我們都會出去
散步，不過走路總是
慢吞吞：他真是舉步
維艱。

我必須幫他走上或走下
人行道
抓著他的手肘
還有後腰的

皮帶，我們都能辦到。

我喜歡他：他從來不問東問西
不會管我在做什麼
或沒做什麼。

真希望我老爸跟他一樣
而我最喜歡的就是他
的口頭禪：「人幹嘛活得那麼
拼命？」

他是個
智者。

那兩位年輕女孩應該
寫信並且

獻花

給他。

green beer，將藍色染料加進金黃色的啤酒中，便會得到綠色的啤酒。源自愛爾蘭三月十七日的聖派翠克節（Saint Patrick's Day），而綠色作為這個節日的代表色，民眾便將啤酒變成綠色，後來在美國、英國、加拿大、紐澳都會慶祝這個節日。

強・艾德加・韋伯[58]

當年在紐奧良是我的抒情詩時期，
文字風格飽滿流暢，啤酒喝到
肚子發脹。
感覺當時就像在瘋人院裡鬼吼鬼叫
我的世界就是瘋人院
老鼠在我人生的虛空縫隙
鑽來鑽去。
有時候我會去酒吧
但跟坐在高腳椅上的那些男男女女實在
合不來：
男人看到我就閃躲，女人看到我就被
嚇走。
我常被酒保請
出去。

我只能拿著一手啤酒蹣跚走回

小房間，讓老鼠與飽滿流暢的文字與我

作伴。

那一段寫抒情詩的歲月是我人生的瘋狂

時期

當時有一位主編老是坐在手搖印刷機

旁邊等待

有人拿稿子來就印，絕不

退稿

儘管當時我沒沒無聞

他還是把我的詩印在那種

能夠撐兩千年的

耐用紙張上。

這位主編是發行人也是

印刷匠

每天早上我交出十頁到

二十頁稿紙

他總是板著臉說：

「就這幾張喔？」

那個瘋狂的王八蛋自己

就是一首

抒情詩。

[58] Jon Edgar Webb，紐奧良的出版人，他出版的文學雜誌《邊緣人》（*The Outsider*）曾刊登布考斯基的作品。

謝謝你們

有些人希望我多寫一點關於妓女和
嘔吐的詩。

但也有人說那些東西看了讓他們
想吐。

說真的，我一點也不想念那些
妓女

不過偶爾還是會有一、兩個妓女
想要
找我。

真不知道她們是懷念跟我一起酗酒還是

我給她們的那一點錢

或是因為我讓她們在文學作品中
永垂不朽而
對我痴迷。

總之現在她們應該
都能釣到男人
日子還算
過得去。

——那些可憐的女孩們壓根
不懂……

就像當年我也不知道
那些醜陋狂野的夜晚

居然是文學養分

就連

杜斯妥也夫斯基

也會

來者不拒。

神奇的詛咒

我從來不喜歡貧民區，所以我總是避開
食物銀行、血庫，也不去拿那些所謂的
救濟物品。

我他媽曾經瘦到像個紙片人
在中午的烈日下只要側個身
人影就細到很難看見

我不在乎這一切，只要能避開
人群

人群有成功的也有不成功的
但我都不
在乎。

我不覺得自己瘋了
但很多瘋子
都覺得我是
瘋子

不過到現在我的
想法是：
若說我有什麼自救之道
那就是我選擇迴避
人群

這在當年
救了我

到現在
還是。

如果讓我待在一個超過三個人的
房間裡
我就會開始
變得
奇奇怪怪。

某次我甚至
問我老婆：我想我一定是
有病……也許我該去看個
心理醫生？

我說，天啊，也許他可以
把我醫好，但接下來我
怎麼辦？

她總是只看我一眼

然後我們就當作
我什麼也
沒說。

派對終結者

把桌布一拉，打翻一盤盤

食物

然後打破窗戶

接著讓痴人的鐘聲

響起

把

可怕的真話

說出口

最後將所有人都趕出

門口——

美好與平靜的時刻

就此降臨：自己一個人

安安靜靜

坐在那裡

倒酒喝。

這世界沒有他們就會
更好。

只有植物與動物才是
真正的同志。

我跟他們一起喝酒，也對他們
敬酒。

他們等著我將他們的酒杯
倒滿。

何必多此一舉

福克納[59]只愛他的威士忌

還有

寫作

除此之外

他沒多少時間

去做

其他事。

他大多數的郵件

都不會

打開

只是在燈光下拿起來

看一看

如果裡面

沒有

支票

就

丟掉。

---

[59] William Faulkner（1897-1962），美國著名小說家，曾獲諾貝爾文
學獎、美國國家圖書獎和普立茲小說獎。

逃

最爽的事不外乎

把百葉窗都

關起來

用破布把門鈴

塞好

將電話丟進

電冰箱

上床後狠狠

睡個

三、四

天。

第二爽的

則

是

沒有人
想念
我。

戴著狗項圈

跟我同住的有一位女士跟四隻貓

有時候我們相處

融洽。

有時候我會跟

某隻貓

不對盤。

有時候我跟

其中兩隻

不對盤。

有時候

三隻。

有時候我跟

四隻貓

還有

那位女士

都不對盤：

十隻眼睛盯著我

把我當狗。

貓是貓是貓是貓

凌晨兩點
她吹著口哨和拍手
找貓
而我坐在那裡
聽我的
貝多芬。

「牠們只是出去覓食，」
我對她說……

貝多芬的樂音
大開大闔

那些該死的貓

卻一點
都
不在乎

話說回來
如果牠們在乎
我就不會
那麼
喜歡牠們：

很多事要是
人味
太重
就失去了
天生的價值。

我不是批評

貝多芬：

身為音樂家

他很

厲害

但我不希望

他

在我的地毯上

把一條腿

高高抬起來

然後開始

舔起

自己的

蛋蛋。

壯遊喬治亞州

熱啊熱啊我們熱到像室外烤肉架上面的
雞翅
我們沒人要又熱，又熱又沒人要我們
熱到
沒人要
我們被煎烤到嘶嘶作響
熱到骨子裡
好像腳踩著但丁《神曲》中地獄裡熱到劈哩啪啦
的焦炭
　　　而
頭頂的天空就像一隻打開的手
　　　而
智者的話沒有用武之地
這個世界沒有善待我們，世界美好但卻

沒有……

來吧，來讀這首像燒焦雞翅的好詩吧

這首詩又熱又硬又沒有很多

肉

但可悲的是又很好懂

只要咬個一、兩口就這樣

沒了

消失

它走了，走得像我過去那些女人
我一把房門打開就
離開
只剩床
枕頭
牆壁

我失去了它
我在某處失去了它
可能是我在逛大街
可能是我在舉重
可能是我在看遊行隊伍的時候
我失去了它
可能是我在看摔角比賽的時候

或是我在某個多霧中午

等紅綠燈的時候

我失去了它，就在我把一枚硬幣

丟進停車計時器的時候

我失去了它

就在野狗還在睡覺的時候

與知名詩人見面

這位詩人已經成名許久

而我則是在沒沒無聞

幾十年後

才開始走運

後來這位詩人看來是對我

有了興趣

邀請我到他的

海濱公寓。

他是同志，我是

直男，而且還更糟：

是個酒鬼。

我過去四處看看

然後

大聲問他（假裝我不
知道他是同志）：「嘿，
媽的，你家怎麼都沒有
妹子？」

他只是對我微笑，摸摸
他的八字鬍。

他的冰箱裡只有
一點萵苣、
美味起司
還有其他輕食。
「老弟，你他媽把啤酒放在
哪裡了？」我
問他。

沒差，反正我
自己帶了
幾罐，就開始
喝了起來。

他開始露出擔憂
的表情：「我早就聽說你
很粗魯，拜託，
控制一下自己
好嗎！」

我一屁股坐在他的
沙發上，打了個嗝，
對他笑說：「哎呀，粗魯個屁，老弟，
我不會對你怎樣啦！哈哈
哈！」

「你是個不錯的作家，」他
説，「但做人卻
非常
下賤！」

「那就是我最喜歡自己
的地方，老弟！」我
繼續灌
啤酒。

他似乎
立刻就把一扇木門
拉開，走進去後
失去蹤影。

「嘿，老弟，你就

出來吧！我不會做
壞事！我們可以坐著
說說話，整夜聊
文壇的狗屁
八卦！我不會
對你動粗，
媽的，我敢
掛保證！」

「我才不相信！」
他小聲
回答。

反正，我已經醉到
沒辦法
開車回家

只好繼續
灌酒。

到了早上醒來時
看見他站在我
身邊
微笑。

「呃，」我說，
「嗨……」

「你昨晚說的是
真心話嗎？」他
問我。

「呃，我說了
什麼？」

「我把門拉開後
站在那裡
你看到我就說
我好像站在
船頭隨著大浪
搖擺……你說我
看起來就像
諾斯人[60]！
真的嗎？」

「喔，對啦，對啦，
你像……」

他弄了一些熱茶
和吐司
我都吃掉
了。

「嗯，」我說，「能
認識你實在
很棒……」

「當然，」他
回答我。

我走出去後他
關上門
搭電梯下樓後
我

到

海灘去走一走

然後

走回我的車子

上車開走

滿心以為我自己

和那位大詩人

之間相處

融洽

但

根本不是那麼

一回事：

他開始寫詩痛罵我

字裡行間的仇恨值

爆

表

而我

當然也對他用力

反擊。

作家之間見面

大多是這麼一回事

就像

我們倆

一樣

但

無論如何

我才沒有說

他看起來像

諾斯人

那不是真的：

我是説他

像

維京人

還有他説

他幫了我大忙

讓我跟他一起

被

選入《企鵝現代

詩人選集》，

那也

不是

真的。

你們知道

那是誰嗎？

對，就是

拉曼提亞[61]。

[60] Norseman，古代北歐民族，直譯為「北方人」。維京人就是這個
民族的分支。

[61] Philip Lamantia（1927-2005），美國詩人，他跟布考斯基一起被選
入一九六九年出版的《企鵝現代詩人選集第十三期》（*Penguin
Modern Poets 13*），但布考斯基的排序在他前面。

活在當下

那個骯髒的痞子老是用衣袖擦鼻子

還常常放

響屁，他

沒梳頭

沒教養

沒人要。

他老是把髒話當語助詞

使用

咧嘴笑時露出一口

黃牙

嘴巴臭到造成空氣

汙染

老是喜歡用左手伸進

褲襠裡

抓癢
而且總是有
講不完的
黃色笑話，
他是智商最低的
笨蛋
最最最不受
歡迎的
人物

直到

他中了州政府的
樂透。

你真該看看

他現在過得有

多爽：總是左擁右抱

身邊的女士笑臉盈盈

在最高檔的地方

吃飯

服務生搶著要去

他那一桌

服務

他打嗝兼放屁

一整晚

常把杯裡的酒灑出來

用手直接拿牛排

起來吃

但

他的女人都說他是

「我遇過最有型、最有趣

的男人。」

而她們在床上服侍

他的方式

更是讓人

不屑啟齒。

不過,我們只要

記住一件事就好:

州政府樂透的收入有百分之五十

會用於教育支出

這非常重要

但實際上有多少人

能夠

正確地拼出「emulously」[62]?

九個人裡面只有

一個。

[62] 意思是「好勝地」。

縮小的島

我寫東西寫到

黎明越來越接近……

在三點三十四分時我幾乎要寫出來了

但靈感如蠹魚般神奇

一瞬間就

溜走……

現在

半亮的天光像他媽的死神

一樣朝我摸過來

我棄械投降

站起來後

往臥室移動

撞到

牆壁

暗暗罵了一聲幹

可悲地大笑……

打開燈後

開始尿尿，沒錯

是尿在馬桶裡

然後

沖水後心想：

又一個夜晚

過去了。

好吧，無論如何

我們也是有稍微

發洩一下。

我們洗了

爪子……

把燈

關上

走到

臥室床邊

老婆在

半夢半醒之間說：

「別踩到

貓啊！」

這句話把我們

拉

回

現實

然後上了床找到

空位
躺著呆望天花板：
我是個被禁足的
老男人
又痴
又醉
又肥。

神奇的機器

唱針滑過老唱片上

一圈圈

越來越深的刻紋

我喜歡那種刮唱片的沙沙

聲響

歌聲從

喇叭

傳來

就像有人

在那

桃花心木音箱裡

歌唱

但只有爸媽不在時

我才會
聽唱片
而且如果沒有一直搖
手搖桿
唱機就會逐漸變慢
最後停下。

聽唱片最好在
下午
而且最好聽情歌
的
唱片。
情歌、情歌、情歌。
某些唱片上面有
美麗的紫色
標籤，

某些有橘色、綠色

黃色、紅色、藍色標籤。

那台手搖式唱機是我

阿公傳下來

他聽的也是那些

一樣的

唱片。

當時是小男孩的我

聽的

也一樣。

我想,當爸媽不在時

人生最棒的事

莫過於

聆聽

那台

手搖唱機唱情歌

給我聽。

被我們一路跟回家的姐妹花

國中時班上最漂亮的女孩叫做

艾琳與露易絲，

是一對姐妹花；

艾琳大一歲也高一點

但兩人的美貌實在

不分上下；

她們不只漂亮，甚至

可以說美到令人讚嘆

美到

讓男學生不敢接近她們；

大家都怕艾琳與

露易絲

但她們一點也不會冷冰冰

甚至比大部分女孩更為和善

只是

她們的穿著風格跟

其他女孩稍有

不同：

她們總是腳踩高跟鞋

穿絲襪

襯衫

裙子

服裝每天

換新；

後來

某天下午

我跟我麻吉寶弟從學校跟蹤

她們回家；

想當年我們可說是

學校操場上的惡霸

所以我們做這種事

也不會讓人

太意外，

而且跟蹤她們

還真是有看頭：

走在她們身後三、四公尺，

什麼話也不說

只是跟著她們

看著她們

搖曳生姿

屁股扭來

扭去。

那感覺實在太棒

所以我們每天都從

學校跟她們

回家。

等到她們進去家裡
我們就在外頭人行道上
抽菸打屁。

「總有一天，」我跟寶弟說，
「她們會邀請我們到
家裡去跟她們
打炮。」

「是喔？」

「肯定的。」

這已是

五十年前的往事

現在我可以跟大家說

我們始終沒有打到炮

——至於我們怎樣跟其他男生

吹噓，又是另一回事；

沒錯，不是有

那麼一句話嗎？

夢想

使人偉大。

零碎札記

花叢起火
岩石融化
我的頭殼裡卡著一扇門
好萊塢的氣溫飆到攝氏三十九度
先知跌了一跤
結果最後的神旨掉進
四百公里深的
地洞裡。
電影難看到爆
死人寫的死書看起來死透了。
白老鼠在跑步機上奔跑。
酒吧像黑暗的沼澤一樣發臭
寂寞的人無法讓寂寞的人完滿。

一切都不清不楚。

本來就從來不可能清清楚楚。

有人説，太陽在消失中。

我們拭目以待。

肉湯像狗一樣吠叫。

我如果有阿嬤

我阿嬤就能鞭打你

阿嬤。

自由落體。

自由爛泥。

大便要花錢買。

看廣告欄找賣家……

現在大家都立刻

扯開嗓子

唱出可怕的歌聲。

練習了許多小時。

這幾乎全都浪費了。

後悔**大多**是因為還沒有

任何成就。

腦袋裡像有狗在叫。

把肉汁拿給我。

一切都安排妥當

才會被遺忘。

下一個抄錶計費日：

六月二十號。

而我感覺很好。

讀者群

凌晨一點半時電話鈴響
有人從丹佛打給我：

「奇納斯基，你在丹佛有
讀者群……」

「然後呢？」

「喔，我辦了一本雜誌，想要刊登
你的幾首詩……」

我聽見他身邊有人出聲：
「去你媽的，奇納斯基！」

「喔，原來你身邊還有朋友，」
我說。

「嗯，」他回答我，「聽著，我想要刊登
六首詩⋯⋯」

「奇納斯基爛透了！奇納斯基王八蛋！」
我聽見另一個人
說。

「你們在喝酒啊？」
我問道。

「那又怎樣？」他說。「你也在喝啊。」

「那倒是真的⋯⋯」

「奇納斯基是個屁蛋！」

接著
我把那位雜誌主編唸的
地址寫在信封
背面。

「馬上寄幾首詩過來……」

「我來處理……」

「奇納斯基寫的都是狗屁！」

「再見，」我說。

「再見，」那位主編說。

我把話筒掛上。

這世上寂寞的人數不盡
其中當然有很多晚上
沒事做。

悲劇般的相遇

當時我名氣變大，時間變多
而且我就是有這個毛病：
我覺得能夠和很多女人上床
就表示男人聰明厲害又
高竿
尤其是五十五歲的男人還有
這種功力
跟妹子在一起
所以我舉重
用力灌酒
卯起來
上床。

跟我在一起的大多是好女人

大多是美女

只有一、兩個真的又愚蠢又

無聊

唯獨喬喬

是我無法歸類的。

她的信沒有看頭，老是重複

同樣的話：

「你的書我都喜歡，想跟你

見面……」

我回信跟她說

那有什麼

不好。

接著她就開始下達指令：

見面的地點是

某間學院

時間是

某天某時

就在她

下課後。

學院在高高的

山區

到了那一天時間

差不多了

我就帶著她畫的

蜿蜒街道圖

與一張公路地圖

出發了。

地點在玫瑰盃球場[63]

與南加州某處最大的

墓園之間

我提早抵達後坐在

車裡

一邊小口喝著 Cutty Sark 威士忌

一邊欣賞那些

女學生——人數多到

數不清，一眼

看不盡。

下課鐘聲響後我才下

車，走向大樓前面

那裡有一長排樓梯

學生紛紛走下來

離開大樓

我站著

等待

等了又等，像來
接機
不知道會是
哪一位。

「奇納斯基，」有人叫我，
只見她芳齡十八或十九
不醜也不美
身材與五官都只是一般
看起來不凶不笨
不聰明
也不瘋狂。

我們親了一下
然後我問她有沒有
開車

她說有

接著

我說：「沒關係，我載妳去

拿車，然後妳開車

跟著我。」

喬喬很會跟車，她跟著我一路

開到東好萊塢，來到我那

狗窩。

我幫她倒了杯酒

我們聊的話題很無聊，親嘴也只是

一下下。

親了幾次感覺都是不好不壞

不刺激也不

無聊。

過了很久她還只是喝

很少

接著我們又親了一下，她說：

「我喜歡你的書，對我真的有些

影響。」

我說：「去他媽的書！」

我脫到只剩短褲也把

她的裙子掀起來

努力想要點燃她的慾火

但她只是一邊親嘴一邊

講話。

她只回話，不回應我的

動作。

然後

我就滅火了，開始卯起來

灌酒。
她提起她喜歡的其他
幾位
作家
但她說最喜歡的
還是
我。

「喔，」我又倒了一杯酒，對她說：
「是喔？」

「我得走了，」喬喬說，
「明天早上還要
上課。」

「妳可以睡這裡，」我提議，

「早一點出門，而且我很會
炒蛋喔。」

「謝謝你，但是我得要
走了⋯⋯」

她走的時候
拿了好幾本我的書
都是先前她還
沒有的，
那天晚上我
早早就給
她了。

我又喝了一杯酒，
決定大睡一場

忘掉這次莫名其妙的
損失。

關上燈後我
連牙都懶得刷
臉也不洗就
直接撲上
我的
床。

在黑暗中我往上呆望
心想：嘿，這女孩子
實在沒什麼可以讓我
下筆的地方：
不能說她好或不好
真實或不真實，親切或

不親切，就只是個女大學生
學校位於
玫瑰盃球場與垃圾場
之間的某處。

然後我癢了起來，我開始
抓抓抓，似乎感覺到臉上
跟肚子上都有東西
我調節呼吸，想要入睡但
越來越癢，接著
感覺被咬了一口，好幾口
好像有東西在我
身上爬……
我衝進浴室
把燈打開

他媽的，喬喬有跳蚤。

我走進淋浴間

站在裡面

調整水量時

心想：

那小女孩真是

可

憐。

---

[63] Rose Bowl Stadium，位於洛杉磯郡的美式足球場。

普普通通的詩

既然大家都想知道

那我就承認吧：我從來都不喜歡莎士比亞、布朗寧[64]、

勃朗特姊妹[65]、

托爾斯泰，也不喜歡棒球、夏天的海濱、

比臂力、曲棍球、湯瑪斯・曼[66]、韋瓦第、邱吉爾、

達德利・摩爾[67]、自由詩、

披薩、保齡球、奧運、三個臭皮匠[68]、馬克思

兄弟[69]、艾維斯[70]、艾爾・強森、鮑勃・霍伯、法蘭

　　克・辛納屈、

米老鼠、籃球、

爸爸們、媽媽們、表親堂親、老婆、妞頭（不過要

　　我選我會

選老婆），

也不喜歡胡桃鉗組曲、奧斯卡金像獎、霍桑[71]、

梅爾維爾[72]、南瓜派、除夕夜、聖誕節、勞動節、

國慶日、感恩節、耶穌受難日、誰合唱團[73]、

培根[74]、史波克醫生[75]、布萊克史東[76]與白遼士[77]、法

　　蘭茲．

李斯特[78]、褲襪、

虱子、跳蚤、金魚、螃蟹、蜘蛛、戰爭、

英雄、太空飛行、駱駝（我不信任駱駝）或

聖經、

厄普代克[79]、艾瑞卡．鍾[80]、科索[81]、酒保、果蠅、

珍．

芳達[82]、

教堂、婚禮、生日、新聞節目、看門

狗、點二二步槍、亨利．

方達[83]、

所有應該愛但沒有愛我的

女人、春季的第一天與最後

一天、

這首詩的第一行，

還有

你正在讀的

這一行。

Robert Browning（1812-1889），英國詩人，維多利亞時代最受人尊
敬的詩人之一。

指 Charlotte Brontë（1816-1855）、Emily Brontë（1818-1848）、Anne
Brontë（1820-1849）姐妹三人，都是英國小說家，代表作為《簡·

愛》、《咆哮山莊》、《荒野莊園的房客》。

66 Thomas Mann（1875-1995），德國小說家，曾獲諾貝爾文學獎。

67 Dudley Moore（1935-2002），英國喜劇演員，曾兩度獲美國電影電視金球獎最佳男主角。

68 The Three Stooges，美國知名雜耍喜劇團體。

69 Marx Brothers，以年紀最長的 Chico Marx（1887-1961）為首的美國喜劇團體，總共有六位。

70 Charles Ives（1874-1954），美國古典音樂家，被視為美國音樂根源之一。

71 Nathaniel Hawthorne（1804-1864），美國浪漫主義小說家，以短篇小說著稱。

72 Herman Melville（1819-1891），美國小說家，以《白鯨記》聞名世界。

73 The Who，英國硬式搖滾樂團，現場演出狂放不羈備受推崇。

74 Francis Bacon（1909-1992），英國文藝復興時代的哲學家。

75 Benjamin Spock（1903-1998），美國兒童心理學家。

76 Daniel Blackstone，音樂作家。

77 Hector Berlioz（1803-1869），法國音樂家，以《幻想交響曲》聞名。

78 Franz Liszt（1811-1886），匈牙利音樂家，有鋼琴之王的稱號。

79 John Updike（1932-2009），美國小說家，曾兩次獲普立茲獎。

80 Erica Jong（1942-），美國小說家。鍾是她的夫姓，她原本姓曼恩（Mann），以書寫女性慾望備受關注。

81 Gregory Corso（1930-2001），美國詩人，為「垮掉的一代」的重要成員。

82 Jane Fonda（1937-），美國演員，曾兩次獲得奧斯卡影后、美國電影學會頒發的終身成就獎。

83 Henry Fonda（1905-1982），美國著名演員，為珍‧芳達的父親。

貪杯老狗的心聲

啊，我的朋友，沒有最糟只有

更糟：我才剛剛

進入狀況，

乾掉了一瓶

酒——

腦海裡詩興

大發

但我的年紀已經來到六十

好幾

會在打開第二瓶

之前突然

停手，雖然有時候

不會

但常常想到酗酒

五十年後

如果多乾掉一瓶

就可能害自己

最後在養老院裡

度過餘生

口齒不清

或

獨自

在家裡

中風

臉被幾隻貓

啃掉半邊

晨霧從

破掉的紗窗

瀰漫進來。

但我並不是怕肝

壞掉，

而且如果肝

不怕我們，

那我們有什麼

好怕的。

不過看來只要

我們喝越多

寫出來的東西就越

棒。

死不足惜，但最怕

死前要死不活

那真讓人煩惱到

不想活。

今晚我會用

啤酒

收尾。

就這樣吧

就這樣讓炸彈爆炸吧

我已經等到不耐煩

我已經把玩具都收起來

公路地圖收起來

《時代週刊》也不再送來

跟迪士尼樂園 kiss goodbye

我把幾隻貓的防蚤項圈都拿掉

電視關掉

夢裡的粉紅火鶴都已走掉

不再管股價掉不掉

就這樣吧

就這樣讓炸彈爆炸吧

我已經等到不耐煩

我不喜歡被這樣勒索
我不喜歡政府這樣耍我：
別占著茅坑不拉屎
我已經等到不耐煩
懸念讓我不耐煩
比賽作弊讓我不耐煩

就這樣讓炸彈爆炸吧

你們這些哭哭啼啼的下流國家
你們沒腦又巨大

炸啊

炸啊

炸啊！

逃到你們的太空站，你們探勘的星球

然後再把那裡也

搞爛。

人生好難

有個新騎師來自亞利桑納

在洛杉磯無親無故

但上星期六經紀人設法

安排他參加

第一場馬賽

所以騎師就在 USC[84]與 UCLA[85]比賽

美式足球當天

開車上了

高速

公路

結果被困在

為了球賽開闢的專用車道

害他只能開往玫瑰盃球場

而不是賽馬

場。

他不得不直接開往

美式足球場的

停車場

然後才能把車往回

開。

等他到了賽馬場

第一場比賽早已

結束。

另一位騎師騎著他的馬贏得

比賽。

今天我在賽程表上

看到那位來自亞利桑那的

新騎師參加第六場比賽

他騎的是一匹

好馬。

結果那匹馬卻又臨時

退賽。

有時候想要在競爭激烈的地方

站穩腳步

簡直像在

龍捲風來襲時

試著勃起——

就算做到了

也沒人有時間

注意你。

某個好住的地方變爛了

西區大道附近有個地方

要走一段樓梯才能

抵達

某個很蒯的飆車族

坐在那裡

身穿上面有納粹標誌的夾克。

他在那裡把風

以免有條子

過去

或是有誰要去動他們的

妹仔[86]。

那裡的下面有一家全洛杉磯

知名的費城潛艇堡

專賣店

是妹仔們生意不好或者

想要嚐鮮時

會去

吃東西的

地方。

潛艇堡店的

老闆

討厭那些妹仔

不想做她們的

生意

但是他

敢怒

不敢言。

後來某天我

經過

那個飆車族

和他的妹仔們

都不在，

結果並不是警察來

掃蕩

而是被人

掃射：

階梯

上方那扇門

被打成

蜂窩。

我去那家店

吃潛艇堡和喝

啤酒

老闆對我

説：

「這下清淨

多了。」

後來我

有事得出城

兩、三

天

回來後

又去了那家

潛艇堡店

發現窗戶的

玻璃

都被砸

碎

暫時用板子

覆蓋著。

店裡的

櫃台

被燒得

焦黑。

差不多在同一

時間

我的女朋友開始發神經

開始背著我偷吃其他男人

一個接著

一個。

那裡美好的一切都已

消失。

我提前一個月告知房東

結果三個星期後

就搬走了。

有時你會寂寞但那並非沒有道理

當年還是個快要餓死的作家時我曾看過那些主流雜
　　誌刊登的
主流作家作品（當然是去圖書館看），結果讓我感
　　覺
很糟，因為我非常認真觀察文字與世事所以知道
他們有多假掰：我可以看出作品裡的情感都是假的
每一句話都是裝的，這令我懷疑主編們的腦袋
是否都長在屁股上──或是因為要拍有權勢的人馬
　　屁
才會出版那些東西
但
我只是矇著頭、餓著肚子繼續寫，體重從快九十公
　　斤掉到
六十二公斤，但把打字的技能鍛鍊得非常好，也讀

了很多退稿

信。

到了體重只剩六十二公斤時我對自己說，去他媽

　　的，不再

打字，只顧著喝酒逛大街，還跟大街上的女士們

鬼混：她們都不會去讀《哈潑雜誌》、《大西洋月

刊》，或是

《詩歌月刊》[87]。

坦白講，能像那樣停筆休養十年也不錯

後來我又重新試著寫作，結果發現主編們的腦袋

還是都長在屁股上，還有一堆狗屁倒灶的陋習

但這次我已經把自己養到一百〇二公斤

獲得充分休息

還有很多背景音樂可以聽——

我已準備好在黑暗中
重新出擊。

[87] *Poetry: A Magazine of Verse*，創辦於一九一二年的老牌文學雜誌。

畢竟是一群值得敬佩的傢伙

我一直聽到某些老傢伙的消息

他們持續寫作

幾十年，

都是詩人，

每天還在用打字機

奮戰

寫得越來越

好

不理會老婆、戰爭與

工作

完全與世

隔絕。

我討厭其中許多位

有的是因為人本身

有的是因為作品……
但我實在小看了他們的
韌性，還有
改進作品的
能力。

這些老狗住在
煙霧瀰漫的房間裡
一邊喝酒
一邊創作……

他們把打字機打得
劈啪作響：他們是
鬥
士。

這個

與其跟女人在一起，倒不如在打字機前寫詩

喝酒

我見過、聽過、認識過的女人

何其多

美貌更勝聖女貞德、埃及豔后、嘉寶、哈露、瑪麗

　　蓮·夢露[88]

或是電影銀幕上來來去去的成千上萬

尤物

又或是我在公園、在公車、在舞會或派對、

在選美比賽、在咖啡店、在馬戲團、在遊行隊伍、

在百貨

公司、在飛靶射擊場、在熱氣球上、在賽車場、

在牛仔競技場

在鬥牛場、在泥巴摔角場、在競速溜冰、在烘焙廚

房、

在教堂、在排球比賽、在划船比賽、在洛杉磯嘉年

　　華會、

在搖滾樂演唱會、在拘留所、在洗衣店等任何地方

　　偶遇的女孩

與其跟女人在一起，倒不如在打字機前寫詩

喝酒

我見過、聽過、認識過的女人

何其多。

---

[88] 三位都是好萊塢美豔女星，分別是 Greta Garbo（1905-1990）、Jean
Harlow（1911-1937）、Marilyn Monroe（1926-1962）。

熱啊

在手指上、在鞋子裡

都有火

走過房間時也有火

貓的眼睛裡有火，貓的懶趴裡

也

有火

手錶像蛇一樣爬過

衣櫃

後面

冰箱裡面冰凍著九千個又熱又紅的

夢想

這時我聆聽著那些死去作曲家的交響樂

沉浸在又悲又喜的情緒裡

牆壁裡有火

花園裡蝸牛要的就只是愛

雜草叢裡有火

我們在燃燒在燃燒在燃燒

水杯裡有火

印度的墓地像被揍扁的王八蛋微笑著

在凌晨一點的雨夜裡交通女警獨自

哭泣

行人道的裂縫裡有火

而我

一整夜都在喝酒和

打字

打了十一、二首詩

燈光閃閃爍爍

外面狂風大作

每隔一段時間

我會把燈熄掉、把收音機關掉

在黑暗中坐著

獨飲

在黑暗中用火柴

點燃雪茄

我們一起燃燒

兄弟姐妹們一起

我喜歡我喜歡我喜歡

這樣。

很晚很晚
很晚的
詩

想起那次在

馬里布[89]

我帶那位高姚女孩

去吃晚餐、喝酒後

走到餐廳外的福斯汽車上

才發現離合器

掛了

（而且我沒有買道路救援服務）

那裡除了一片大海

什麼都沒有

我的住處在四十英里

外

（她剛剛從德州某處

搭飛機回來，還帶著

行李箱）

於是我只能對她說：「好吧，

也許我們可以游泳回家，」但

她忘記對我

微笑。

到了凌晨將近三點

開了第二瓶酒後

已經喝了七、八杯或

八、九杯

不小心把

垃圾桶弄到

一度

燒起來

接著想拿集郵冊來

點燃雪茄

然後還要寫詩

這最大的問題

在於

儘管

一邊聽著收音機

咆哮著古典樂

一邊打字寫詩

還有一點刺激與樂趣

但寫的東西

已經開始變

弱。

[89] Malibu，洛杉磯郡的小城，是高級住宅區。

凌晨三點的點火遊戲

最糟的是
喝醉

所有的打火機都
失靈

火柴盒都
空了

剩下的全是
菸屁股

我找到一個小小
火柴盒

剩下三根

火柴

但磷皮[90]已經摩擦太多次

結果火柴點不

起來

他媽的：

喝酒不抽菸簡直像

勃起卻不能

上床

我一邊喝酒

一邊

找火柴

最後快樂地找到

一根

挑一個磷皮

使用次數最

少的空火柴盒

小心翼翼擦一下

結果一點就燃！

這下可以

抽菸了！

把菸點

燃

將火柴甩兩下

丟往一個

菸灰缸

火沒熄滅

接著
就這樣……

冒出火焰

最後所有東西都在
燃燒！

：一張美國運通卡的
消費明細

：幾個空的火柴

盒

：甚至一個壞掉的
打火機

火焰飛舞了
起來

那菸灰缸像是個
血盆大口
吞了許多菸屁股
這時開始
吐煙

我隨手拿起
各種雜物滅火

連雙手都
出動了

等火焰終於熄滅
東西都已燒光
只剩白煙

這時腦海又閃過那
不斷重現的念頭：我一定是
秀逗了。

我聽見老婆的
聲音：

「漢克你還好
嗎？」

她在牆壁

另一頭的

臥室

「喔，我沒事⋯⋯」

「我聞到煙味⋯⋯你是想把房子

燒掉喔？」

「琳達[91]，只是一點小火⋯⋯我

滅掉了⋯⋯去睡吧⋯⋯」

先前類似事件發生後

就是她幫我換了

一個鐵製

垃圾桶

很快她又

入睡

而我則是繼續

翻找更多

火柴。

[90] 火柴盒上用來摩擦火柴的長條狀部位，上面有紅磷的成分。

[91] Linda Lee Beighle，布考斯基的最後一任妻子，年紀比他小二十五歲。兩人於一九八五年結婚，九年後布考斯基去世。

總有一天我寫書介紹那些跛腳的聖人
但這時候……

核彈掌握在某個瀕臨滅絕物種

的手裡

但你只想要

我手拿爆米花和胡椒博士可樂

坐在你身邊

任由那些乏味的塑膠牙齒

慢慢咀嚼我的

殘軀。

我不會讓自己因為擔心核彈

而發狂──瘋人院已經

太滿

而且我總是記得

在看過我認為最美的

屁股後

我特地跑進洗手間去

打手槍——想要用顆核彈

殺掉我這種人

很難吧？

總之我終於讓傑佛斯[92]與塞利納

的書從我的鐘樓

消失

然後就自己坐著

身邊只有你

和杜斯妥也夫斯基

這時真的心與

人工的心

都持續

猶豫顫抖，

極度飢餓⋯⋯
我愛你但卻
不知道該怎麼
做。

[92] Robinson Jeffers（1887-1962），美國詩人，被稱為遁世詩人。

幫幫我

年輕的我快要發狂之際發現一本書作者是個

老瘋子，於是我感覺好多了，因為他

居然能那樣寫書

接著我發現這個老瘋子後來又寫了另

一本

只是我發現

他似乎不再瘋狂而是變得

無趣——

可見得我們都只能暫時堅持，接著原本就有的

缺陷、

忽略與過失就會出現

我們大多

常常在一夜之間壞掉

進入某種幾乎淨化的狀態

最後的結果是讓理智幾乎都受不了
自己。

幸運的我還是發現其他幾個老瘋子幾乎能夠瘋到
他們去世的
時候。
你也知道,這能讓我們更有勁,讓我們更有
生命力
就在我們有太多任務要關注、
要隱匿
之際。

棍子與石頭[93]······

人會抱怨通常是因為沒有足夠

能力

住在這個

明顯充滿侷限的

可惡牢籠裡。

抱怨是人的缺陷

比痔瘡還要更

常見

常有許多女作家把她們的高跟鞋

丟向我

靠北說

自己的詩作永遠都不會被

刊登

我能夠對她們說的就

只有：

多寫一點大腿

多寫一點屁股——

這是妳們也是我的

生存

之道

我貢獻了這句普通又明顯的真話

她們卻對我尖叫：

去你媽的沙豬！

難道這樣就能阻止水果從

樹上掉下

或讓海螺跟

古希臘帝國的枯死孢子

不再被海水沖上岸？

像這樣被人貼標籤的我

卻一點也

不悲傷；

事實上，這有種莫名的爽感，就像

某個凍死人的夜裡

在亞斯本[94]的

滑雪纜車後面

有人幫我搓背暖身。

---

[93] sticks and stones may break my bones(, but words can never hurt me)，意思是棍子與石頭能斷我骨頭，但言語傷害不了我。

[94] Aspen，科羅拉多州的滑雪勝地。

配合演出

啊，最近有很多人跑來
我的簡陋公寓
我常趕著她們
進進出出

天啊，我真是個毛茸茸的
醜
東西

我在她們的背後
都裝上
彈簧

彈來

彈去

我是無腦又
醉醺醺的人猿
住在某個垂死的
可悲
地區。

但最奇怪的
一件事
是持續有不同的人
來找我：

像是一支
女性的
遊行隊伍

令我

歡喜

雀躍

猛撲過去

但對於

這件事

有何意義

我壓根沒有

頭緒。

那是個令我回憶

深刻的

臥室

牆壁漆成奇怪的

藍色。

而且
大多數的
女士們都是
中午前不久
離開

差不多就在
郵差來報到
之際。

某天他對我說：
「天啊，
老哥，這些人你是
從哪弄來的？」

「我也不知道，」我

對他說。

「抱歉啊，」他接著說，
「你看起來不像
上天送給
女性朋友們的禮物，
你到底怎麼
辦到的？」

「我也不知道，」
我說。

我說的
千真萬確：這事
就這麼發生了
我只是配合演出

在藍色的

臥室裡

我把我那

死去母親

最棒的亞麻蕾絲

桌布

釘在

窗戶

上方。

我是個

他媽的

白痴。

話太多

真不知道他怎麼會再度找到我 —— 他打電話過
　　來——聊起了
過去那些往事——
「真不知道麥可或肯恩或茱莉‧安妮
現在過得怎樣？」——
「你記得……嗎？」

——接著
就聊起了他現在遇到什麼問題——

——他的話很多——我們認識時他
就是這樣——

而我就只是聽他

講話

因為我不想傷害他所以總是

聽他說

如果跟當年那些人一樣

叫他閉嘴

那只會

讓他感到

傷心

現在

他又回來了

而且我伸出手

把話筒拿得好遠

好遠

還是可以聽見他的
聲音──
我把話筒拿給女友
讓她聽了
一下──

最後
我拿起話筒對他說──

嘿，兄弟，我得先掛了，爐子裡的肉
快焦了！

他說，OK 啊，兄弟，我會再
打給你──

（說到我這位老兄弟的特色

有一點我記得很清楚：他絕對

說話算話）

我把電話話筒

放回去——

——我女友說：我們家的

爐子沒有在

煮肉啊——

——我跟她說：有啊，是

我的

肉。

我們的笑聲因為他們的痛苦而中斷

孩子獨自過街，潛水夫潛入

深海，畫家作畫——

明知勝算渺茫而苦戰，讓人獲得

清白

與榮耀，燕鳥往月亮振翅

翱翔——

夜空被黑暗籠罩，因為世人同感

悲傷

有人騙他們，有人跟他們說可以期待

最終的美好降臨，但卻不給

承諾

現在女孩們在小房間裡獨自哭泣

老人憤怒地對著眼前幻覺

揮舞拐杖

女士們梳頭髮

蟻群求生存

而我們的生命

則是在

羞愧中

消逝。

謀殺

競爭、貪婪、渴望成名——
一開始很厲害但之後寫作時
大多心不甘情不願：他們為了
點餐而
寫作、為了凱迪拉克而寫作、為了年輕的
妹子而寫作——或為了付錢打發老去的妻子而
寫作。

他們跟其他作家上脫口秀，參加
派對
大多會去好萊塢，他們變得講話毒辣
他們被人
八卦
他們越來越常跟越來越年輕的妹子

或小帥哥（或兩者皆有）

談戀愛。

他們在前往好萊塢和參加派對之間

擠出時間寫作

他們在床第之間

寫作

他們在嗑藥和逃稅之間

寫作。

他們的舊老婆、新老婆和越來

越新的妹子消耗了

所有的版稅跟餘款——

幾百萬的

收入——

現在突然變成幾百萬

負債。

寫作變成無用的
抽搐
原本的強大天賦
像打手槍
亂射。

這種事發生過百次千次
未來還會發生無數次：
眾神吝於給予的
天賦
很快就會被收回
如果不好好保護。

我在幹嘛？

我們真正想要的是坐在涼爽的綠色花園裡

喝酒兼打屁

所以就別在高速公路上把音響聲開到最大

跟那些

瘋狂賽車手們

在中午與暗夜裡卯起來競飆

爭搶車道。

為什麼要飆車？——因為腳指甲往內長？

或是馬子

不夠多？——我們怎麼會蠢到不斷去

拉扯

死神的鼻子？

是我們想趕著去用便盆嗎？——還是想

趕快去見

那些長著象腿的無聊護士，流著口水吃
她們拿來的半熟豆子？
我們是不是長了豬腦才會衝動到把油門
催到底
只放一隻手在方向盤上？
難道我們不知道人就該慢慢變老才
幸福？
這是飆車大戰還是地獄的呼喚？

在這個遺忘了美好博物館、偉大藝術、
世代相傳知識
的時代裡，我們是最變態的人類
因為我們以為當個王八蛋才
有深度──
最後我們會被拍成
大小幾乎一比一的照片，掛在

交通法庭的牆上
用來告誡世人

但經過的人只會看一眼就
聳肩不鳥

因為人類的
自大只有比較級
沒有最高級。

緊張大師

我走進去拿了一件商品——拿去給收銀機
旁的店員——他
不知道價格——他離開一下——過了很久
才
回來——盯著電子收銀機——費了一番
功夫
才把價格輸入：47,583.64 元——我說我沒
帶那麼
多錢——他笑了起來——找人幫忙——來了另
一個店員——又過了很久後他找到真正的價格：
1.27 元。我付了帳——一定會要袋子——對店員
說聲謝謝——跟我的女友走到停車場——她說：
「你讓人緊張。」

我們帶著那商品開車回家——拿著那商品用了
起來——結果
不能用——是工廠的
瑕疵品——
她說：「我拿去退貨。」——

我去上廁所時把尿往馬桶的正中央
射
過去——我們美好人生裡的小日子不是只會被
戰爭打擾
瑕疵品也會。

不懂世事

梵谷割下自己的耳朵

送給一位

妓女

她被嚇到把耳朵直接

丟

掉。

老梵啊,妓女才不要你的

耳朵

她們只要

錢。

我想這就是為什麼你是個

偉大

畫家：你
只懂畫畫
不懂
世事。

是否心滿意足？

我曾淪落到

把公園板凳當床

進監獄

或和妓女

同住

但總能感到某種程度的

心滿意足——

我不會稱之為

幸福——

那種感覺更像是內心的

平衡

不管遇到什麼

都能平復：

當年我在

許多工廠

跟女孩們

發生問題

都是這樣

走過來。

我也是這樣

走過

戰時

撐過宿醉

熬過暗巷裡的打鬥

也沒在醫院

掛掉。

最瘋狂的心滿意足

莫過於

在陌生城市的
破爛房間醒來
關起百葉窗度日
莫過於
走到房間另一頭
的老舊梳妝台前
對著破裂的鏡子
看看醜陋的自己
還能咧嘴一笑。

最重要的是
你有沒有能耐
走過
火場。

算了

喂，聽清楚了：我死後可別為我哭泣，只要
趕快把
後事辦了，因為我的人生圓滿，而且
如果說有誰爽過，那
就是我，我把人生當成七、八輩子來活，
無論如何都已足夠。
我們的最後結局都一樣，所以拜託別找人演講，
除非那個人想說：布考斯基會賭馬，而且
還是
賭馬高手。

你就是下一個，有件事是我已知道但你不知道，
也許吧。

安安靜靜

今晚
我
坐在
這窗邊的
桌前

臥室裡
有個女人
悶悶
不樂

這幾天她
特別
不好過。

唉，我自己
也是

所以
為了對她表示
敬意

打字機就
暫時
休息。

用手寫這
東西的
感覺
真怪

讓我想起

過去那些

日子

當時的生活

以

另一種方式

讓我

不好過。

這時

貓仔過來

看

我

他待在桌下

在我的

兩腳之間

翻肚肚

我們因為

同樣的

怒火

而快被融化。

唉，親愛

的貓仔，我們還

得要寫

詩啊

有人

說過

這種狀況

叫做
「陷落」。

嘿，高齡六十五
的我
就算再怎樣
「陷落」，還是
贏過那些
軟腳蝦
文評家
很多。

李白就知道
該怎麼過：
舉杯
邀明月

就算有事

明天再説。

我往

右邊看，只見

（鏡子裡）我的

大頭

叼著菸

猛吸

我們對著

彼此

笑嘻嘻。

然後

我把頭

轉回來

坐在那裡
繼續
用手在紙上
寫詩

我寫的從來不是
最後的
偉大
宣言

只有
我們
遭遇的
窘境

與

騙局

但願

你能看見

我的

貓仔

全身

橘黃

的他

在

臉上

有一抹

白毛

然後

我抬起頭

往廚房

看過去

我看見

天花板的燈

灑下

亮光

我看見

百葉窗外

是一片漆黑

越外面越黑

再過去就

什麼也看不

見。

自己的空間

在這世界來找麻煩以前

我們總有自己的空間

那空間能讓我們

好好放鬆

好好呼吸

只是

倒在床上

把腦袋放空

或是

用水龍頭倒

一杯水

不為任何事情

發瘋

那是個

平靜純粹的

空間

值得

拿千百年的歲月

來換取

又或者

只是看著窗外沒有

葉子的樹枝

搔搔脖子

在這世界來找麻煩以前

就存在的

那個空間

確保了

我們

就算被找麻煩

也有個空間

不會被奪走

永遠不會。

這就是布考斯基（吧？）

——陳榮彬‧臺灣大學翻譯碩士學位學程助理教授

我在為上一本布考斯基詩集《愛是來自地獄的狗》的導讀裡面曾經說，他「每首詩都像是一則短篇故事，敘事性強烈，寫他未曾停止的五個生命主題：女人、性、賽馬、酒精與寫作，也寫死亡與生的恐懼於心中狂噪不止。」其實，那時候我心裡曾經有個疑問：關於這些事，難道他還有更多沒寫過的東西可以帶給讀者們，真的不會重複嗎？翻譯完這第二本布考斯基的詩集《有時你會寂寞但那並非沒有道理》後，我得到的答案是：不會。譯者也是讀者，而我身為布考斯基的讀者，我覺得自己看到的是另

一本不太一樣的詩集。除了敘事性更強烈，自傳色彩濃厚之外，也能看到他寫出更多早年的際遇、對動物（貓）的喜愛、對文學與對音樂的看法。不過，我想在這本詩集裡面，「愛」是貫串其中的主題。

接下來我先講個小故事。

一九七二年小說家暨詩人瑞蒙·卡佛（Raymond Carver）在聖塔克魯茲加州大學（UC Santa Cruz）教寫作，某天他的偶像布考斯基去該校演講，據說，我們這位曾以「猥瑣老傢伙」（dirty old man）自稱的大詩人在上台前對著滿場的教員丟出這麼一句話：「你們這些不懂愛的傢伙，怎麼配稱作家？環顧四周，我只看到一堆打字員。」卡佛向來把布考斯基當偶像，遇到這樣的評語怎能不心有所感？於是他把這件事寫成一首詩：〈你們不知道愛是什麼（與布考斯基相逢的一晚）〉（*You Don't Know What Love Is* [*an Evening with Charles Bukowski*]）——恕我不在此引述那

首至少有幾十行的詩，請大家只管上網搜尋，據說詩句都是當晚布考斯基講的話。那到底在這本詩集裡面我們能看到哪些布考斯基的最愛？

　　他最愛的當然還是文學。例如，在詩集同名詩作〈有時候你會寂寞但那並非沒有道理〉（*You Get So Alone at Times That it Just Makes Sense*）他論及自己歷經早年的不順之後，停筆十年才再出道，沒想到文學雜誌的主編們還是一樣陋習不改，腦袋長在屁股上，但到這次他「已經把自己養到一百○二公斤／獲得充分休息／還有很多背景音樂可以聽——／我已準備好在黑暗中／重新出擊」。他還說梵谷窮到寫信跟弟弟要錢買顏料、海明威飲彈自盡、福克納酗酒跌進陰溝、杜斯妥也夫斯基差點被政府槍斃、詩人克萊恩（Hart Crane）跳船輕生、劇作家阿鐸（Antonin Artaud）住進精神病院、貝多芬耳聾、尼采徹底瘋掉……，這一切的一切都在告訴我們：

你說人生有多不容易

人性的，太人性的

呼吸

吸氣呼氣

呼氣吸氣

這些痞子們

這些懦夫們

這些天才們

這些追求榮耀的瘋狗們

把這一點點微光帶給

我們

非常不容易。

（引自〈不朽的猛獸們〉）

這一段固然是在向古往今來的藝術家、文學家前輩
們致敬，但彷彿也是在說，人生實難，我們必須跟

前人一樣持續努力。

　　跟上一本選集沒兩樣，我們還是看到布考斯基愛貓如痴，但是多了更多只有貓奴讀者才能發出會心一笑的描述。像是他說自己養的公貓被車撞斷右腿，但回家還是笨到不停追家裡的母貓，到頭來那隻貓跟人沒兩樣：「一雙黃色眼睛 / 又大又圓 / 瞪著發呆 / 只是想要 / 過著 / 爽快的 / 貓生」（引自〈另一位傷者〉）。他還說自己天生孤僻，僅有的朋友們卻大多上天堂了，但他「對此倒是沒有太 / 難過—— / 跟我作伴的還有五隻 / 貓：亭亭、丁丁、比克、比利克和 / 布拉伯」（引自〈應該是出名了〉）。看來我們的大詩人真是個徹頭徹尾的 cat person。但他也會遇到家裡幾隻貓跟他的女人一起聯合起來排擠他的時候，這讓他感覺自己好像戴著狗項圈：「有時候我跟 / 四隻貓 / 還有 / 那位女士 / 都不對盤： / 十隻眼睛盯著我 / 把我當狗」（引自

〈戴著狗項圈〉）。

　　布考斯基對於古典樂的樂愛，甚至幫他撐過了那一段不太順利，但又堅持著想要當作家的年輕歲月。在這本詩集裡面有幾首詩回首話當年，像是〈黑暗中的朋友們〉裡面提到：「莫札特、巴哈、貝多芬與布拉姆斯——／只有這些老作曲家們跟我說話／但他們都死了」但我個人覺得最美的是莫札特交響樂讓他欣喜若狂的聆樂經驗，那首樂曲雖然是莫札特在一天內就寫完，但「卻能永恆保留／無論永恆／是什麼／莫札特／已經逼近那個／境界」。

　　布考斯基也把他的愛留給情人與家人，詩句看似平淡，但令人動情。有幾首詩是獻給大他十歲的初戀情人珍‧貝克（Jane Cooney Baker）。珍在一九六二年（布考斯基四十二歲時）因為一次胃潰瘍失血過多而去世，這本選集裡有〈跟珍一起流浪〉、〈我跟那個大我十歲的女人的初戀〉與〈我想

那東西的味道比平常更糟〉等幾首詩在緬懷她，其
中〈我跟那個大我十歲的女人的初戀〉讀來特別令
人悲傷：他說他們的戀情像一齣小小的肥皂劇，以
她在醫院昏迷畫上句點：

　　我坐在病床邊

　　好幾個小時

　　跟她說話，

　　然後她打開雙眼

　　看見我：

　　「我就知道是你，」

　　她說。

　　接著就

　　閉上雙眼。

　　隔天她就

死去。

之後
我自己獨飲了
兩年之久。

另外，他也懷念自己的老爸，說老爸（「這個老畜生」）生前總罵他是魯蛇，他說他當年心想「那好啊，我甘願 / 魯蛇魯到底。 / 現在 / 太可惜了 / 他都已經死了那麼久 / 所以看不到 / 我真的變成 / 魯蛇一大枚」（引自〈我那不算野心的野心〉）──大詩人就連懷念親人的方式也很特別。我也推薦〈愛蜜莉·布考斯基〉與〈拳拳到肉〉，兩者寫的分別是自己的阿嬤與年輕時的麻吉尤金與法蘭克。（據說法蘭克最後成為加州最高法院大法官，不知是哪

一位？）

　　最後，布考斯基也向自己的德文、義大利文譯者們致敬，因為他們讓他在歐洲受到明星般的待遇。雖說他也喜歡自己在美國沒沒無聞而帶來的某些好處，像是去洗衣店、超市裡不會引起任何騷動，但他的確會想起自己在海外的名聲，都是因為「我他媽的譯者們／一定都非常／厲害」（引自〈蛤？〉）。還有什麼比這更能讓譯者滿足心裡一點小小的虛榮？（雖然我不是他的德文、義大利文譯者。）不過，呃⋯⋯我可不想要布考斯基打算送給譯者們的東西：

我很想

把

懶趴上的

毛

甚或

我的

懶趴

都送給他們。

各界評論

美國底層人生的桂冠詩人。

——《時代雜誌》

我最喜歡他的地方在於，他為街頭的普通人寫作，觀察沒有人想看的角落、黑暗的角落，他本身屬於弱勢群體，並為那些無法發聲的人發聲。

——搖滾歌手、演員｜湯姆・威茲（Tom Waits）

他的故事大多是自傳式的，多關於在一個混亂的世界中犯錯。

——演員｜西恩・潘（Sean Penn）

布考斯基早期的作品如《愛是來自地獄的狗》、《進

去，出來，結束》讓我認識到新的寫作風格，詩的節奏與語言合而為一，使其更為豐富和精準，因為這傢伙的作品就是很直白，不用隱喻、廢話連連，句句砍向你刀刀見骨。

——搖滾樂團 U2 主唱｜波諾（Bono）

布考斯基是條老狗，但我愛他如此發自內心寫下的這些東西。

——演員、導演、編劇｜菲比・沃勒—布里奇（Phoebe Waller-Bridge）

我認為每個人都應該為了自己而創作，而非討好別人、去想別人要什麼，如果這樣的創作沒有人喜歡，那就繼續做、做更多、到處做，最終終究會有人喜歡的，我稱這種方法為『布考斯基法』。

——演員｜羅伯・派汀森（Robert Pattinson）

正如他的文字，這位多產的詩人喜歡扮演性慾過剩的流浪漢，不斷抨擊其他作家、富人以及任何不欣賞他才華的人。不過，這本詩集有了新的轉折，布考斯基在他六十多歲時回顧他年輕時的記憶，那些柔軟的部分，其特色還包括他自嘲式的幽默，以及他對貓的愛。獻給更廣大的、不這麼容易被那些髒字冒犯的讀者。

——《紐約蘇活週報》，詩人｜蘿雪兒・拉特納（Rochelle Ratner）

欣賞布考斯基的詩，最好的方式不是將其作為個人的口頭文物，而是作為他持續進行中的真實冒險故事，像漫畫或者系列電影，具有強烈的敍事性，畫面來自源源不絕的奇聞軼事，裡頭通常包含一間酒吧，一棟廉價旅館，一場賽馬，一個女朋友，或者任何這些元素的排列組合。布考斯基的自由詩是一系列將陳述句拆解成窄短句子的長篇，帶來快速和

簡練的印象，即使語言中甚至充滿了多愁善感或是陳腔濫調。

——美國詩人、文學評論家｜亞當·柯什（Adam Kirsch）

專業的和平破壞者，也是洛杉磯底層社會的桂冠詩人，有著瘋狂地浪漫，堅持輸家比贏家更不虛假，並且對於迷失的一群具有怒火般的悲憫。

——《新聞週刊》，影評人｜傑克·克羅爾（Jack Kroll）

華茲華斯、惠特曼、威廉·卡洛斯·威廉斯和垮掉的一代，在他們各自的世代裡將詩歌推向更自然的語言。而布考斯基又再更推進了一些。

——《洛杉磯時報書評》

生活裡寧靜的絕望在顯而易見的偶然事件和動機不明的怪誕暴力中一一爆炸開來。

——《洛杉磯時報書評》，麥可・F・哈珀（Michael F. Harper）

沒有試圖讓自己看起來不錯，更不用說英勇，布考斯基的寫作具有無所畏懼的真實性，這使得他與絕大多數『自傳體』小說家和詩人有所不同。他牢牢扎根於美國標新立異的傳統，身處鬆散紛亂的社會邊緣，布考斯基寫得當之無愧。

——《舊金山書評》，作家、翻譯家｜史蒂芬・凱斯勒（Stephen Kessler）

布考斯基就是個奇蹟。他以始終如一、引人注目的風格確立自己的作家地位，人如其作品，這是努力的結果，更是因為那瘋狂、起起落落的生活。

——《村聲》，詩人｜麥可・拉里（Michael Lally）

一個清晰、強硬的聲音；一對傑出的耳朵和眼睛為了測出詩句的長度；一種對隱喻的逃避讓所有活生

生的奇聞軼事一再演繹出充滿戲劇性的作品。

——《村聲》，藝文評論家｜肯・塔克（Ken Tucker）

布考斯基世界裡的傷痕與溝壑，是文明工業社會裡無生命的器械所刻，是二十世紀的知識和經驗所鑿，在這世界裡基本上冥思和分析仍只佔有很小一部分。

——《西北評論》，劇作家｜約翰・威廉・科林頓（John William Corrington）

一個荒涼的、被遺棄的世界。

——《局外人》，詩人｜R.R. 庫斯卡登（R. R. Cuscaden）

誠實的自畫像勝過對於自我毀滅的頌揚，它們揭露了他處在自身所有的醜惡中，一個局外人的邊緣地位。這是一個鈍器的集合，單刀直入的狂暴像你永遠希望得到的那樣毫不妥協

——《圖書榜單》，班傑明・賽格丁（Benjamin Segedin）

毫不費力、美妙易讀，特別是如果你很容易被量販般的存在主義的魅力所打動。

——《圖書榜單》，雷‧奧爾森（Ray Olson）

有時你會寂寞但那並非沒有道理

作者　　　　　　　　　　查爾斯·布考斯基
翻譯　　　　　　　　　　陳榮彬
主編　　　　　　　　　　邱子秦
設計　　　　　　　　　　盧翊軒
排版　　　　　　　　　　張家榕
發行人　　　　　　　　　林聖修

出版　　　　　　　　　　啟明出版事業股份有限公司
地址　　　　　　　　　　台北市敦化南路二段 57 號 12 樓之 1
電話　　　　　　　　　　02-2708-8351
傳真　　　　　　　　　　03-516-7251
網站　　　　　　　　　　www.chimingpublishing.com
服務信箱　　　　　　　　service@chimingpublishing.com

法律顧問　　　　　　　　北辰著作權事務所
印刷　　　　　　　　　　漾格科技股份有限公司

總經銷　　　　　　　　　紅螞蟻圖書有限公司
地址　　　　　　　　　　台北市內湖區舊宗路二段 121 巷 19 號
電話　　　　　　　　　　02-2795-3656
傳真　　　　　　　　　　02-2795-4100

初版	2023 年 2 月 1 日
ISBN	978-626-96869-1-9
定價	新台幣 480 元

國家圖書館出版品預行編目（CIP）資料

有時你會寂寞但那並非沒有道理／查爾斯‧布考斯基（Charles Bukowski）作；

陳榮彬譯．—初版．—臺北市：啟明出版事業股份有限公司，2023.02

616 面；9.5×12.8 公分

譯自：You get so alone at times that it just makes sense.

ISBN 978-626-96869-1-9（精裝）

874.51   111020636

Photo Credit: IC photo / picture alliance / Lars Wynter / Keystone | Gerhard Klinkhardt